闻书香
识女人

徐坤◎著

红旗出版社

图书在版编目（CIP）数据

闻书香　识女人/徐坤著.—北京：红旗出版社，
2015.12
ISBN 978-7-5051-3604-5
Ⅰ.①闻… Ⅱ.①徐… Ⅲ.①中国文学－当代文学－
作品综合集　Ⅳ.①I217.2
中国版本图书馆CIP数据核字（2015）第273749号

书　　　名	闻书香　识女人				
著　　　者	徐　坤				
出 品 人	高海浩		责任编辑	赵智熙	
总 监 制	徐永新		特约编辑	刘德荣	
装帧设计	蔺　峰		出版发行	红旗出版社	
地　　　址	北京市沙滩北街2号		邮　　编	100727	
编 辑 部	010-64071348				
E－mail	hongqi1608@126.com				
发 行 部	010-88622114				
印　　　刷	三河市恒彩印务有限公司				
开　　　本	710毫米×1000毫米		1/16		
字　　　数	210千字		印　　张	15	
版　　　次	2015年12月北京第1版		2015年12月河北第1次印刷		
ISBN	978-7-5051-3604-5		定　　价	36.00元	

欢迎品牌畅销图书项目合作　　联系电话：010-84026619
凡购本书，如有缺页、倒页、脱页，本社发行部负责调换。

自 序

　　山明水净夜来霜，数树深红出浅黄。

　　晴空一鹤排云上，便引诗情到碧霄。

　　这是唐朝诗人刘禹锡赞美秋色的两句诗。秋景秋气，澄澈清雅；诗心文性，壮阔雄迈。

　　秋天是个美好的季节。在我写本序时，北京时间10月5日，欣闻中国女医学家屠呦呦获得诺贝尔生理学或医学奖。三天之后，北京时间10月8日晚，诺贝尔奖官方网站公布，将2015年诺贝尔文学奖授予白俄罗斯女作家斯韦特兰娜·阿列克西耶维奇。

　　两位女主获得举世瞩目的大奖，对于地球上的全体女性来说，是个大好消息！屠呦呦和阿列克西耶维奇以她们在各自领域里的业绩，雄辩地证明了：时代果然不同了！男女果真都一样！尤其是在人类高端智力发明与艺术创造领域，女人与男人并驾齐驱，各领风骚，已经没有什么高低上下之分了。

对于中国女性来说，2015年的秋天还是别有深意的季节：这一年，距离1995年第四次世界妇女大会在中国召开，正好过了20年；"男女平等"被列为我们国家的基本国策，也正好是20年。20年来，中国在男女平等问题上所取得的成绩，全世界有目共睹。

20年前，我作为中国社会科学院的青年学者和刚踏上文坛不久的新生代女作家，不由分说被卷入那场全社会关注女性问题的浪潮里，不仅在自己的专业研究领域对女性问题有所侧重，还奋勇当先，以无知无畏的年轻心情，创作了一连串关注女性问题的小说：《厨房》、《狗日的足球》、《遭遇爱情》、《橡树旅馆》等等，引起广大女性读者的广泛共鸣。小说《厨房》获得了第二届鲁迅文学奖，小说《狗日的足球》也已经被业界当成女性主义小说的经典文本。有人说，一个女人能把足球写得这么地道，又能在球场上搞颠覆男权话语的，至今还没见着第二个。

20年前，那时候大家对于女性问题的讨论，仍拘泥于五四时期鲁迅那些先贤先哲们所探讨的娜拉的"出走"和"回来"的问题，在思想方法上并没有什么大的进步和深入的思考。就连我的《厨房》也不例外。《厨房》写的是一个有文化的女强人，不甘心围着锅台转，奋勇出去打拼，结果家庭离散了。若干年后女强人40多岁事业有成，职场上感到疲倦，又想重回家庭，结果发现回不来了，没有男人敢要她。小说的中心大意是说，厨房与家庭是女人的起点和宿命，再能干的女人最后也想回归家庭。

当时之所以会这样写，也是因时因势，表达了当时的中国作为刚刚起步腾飞的发展中国家的女性生存现状，也代表了我彼时彼地对女性问题的思考水平。20年的时间过去，中国社会发生了翻天覆地的变化，中国女性的生存和发展空间也变得十分阔大而惊人！就在上个月，2015年9月27日，在纽约联合国总部，中国与联合国妇女署共同举办的全球妇女峰会隆重召开，国家主席习近平出席并主持峰会，就促进全球妇女事业、加强国际合作阐述中国主张。会议的主题是"性别平等及妇女赋权"，探讨女性如何引领变革。

哦！20年！20年间的发展变化该有多么大！女性解放的整个格局和气象都不一样了！当一个基本的生存问题解决了之后，我们今天再来探讨女性问题，不会再是娜拉从家庭里的"出走"与"回归"，也不会再是鲁迅《伤逝》里的涓生与子君为小油鸡吵架伤逝，更不会再是家庭、婚姻、厨房、生孩子、找男人这些问题，而是在更阔大的背景上，探讨女性如何找到自己的价值，如何引领社会风潮，如何过得舒适惬意，如何在白驹过隙的人生中为社会做出更大贡献的问题。

这就是命运。命运随时代而潮起潮落。白居易说"文章合为时而著，歌诗合为事而作"。化用他的话，我们也可以说，女人的命运也合为时而变，"书香三八"读书活动的宗旨亦合为事而作。

即将启动的第四届"书香三八"读书活动的主题是"智慧女性·书香家庭"，强调家庭文化建设在整个社会文化建设中的作用。万变不离其宗，活动宗旨强调的还是女性要多读书、读好书，提高自己的文化素质，以此来带动整个家庭、并进而带动全社会文化素质的提高。

古语有云：耕读传家久，诗书济世长。"书香三八"读书活动的宗旨正是想通过读书活动让这个文脉源远流长。感谢"书香三八"读书活动组委会邀请我担任了前三届读书活动的评委,让我在每次阅读姐妹们海量征文来稿的过程中深受感动,从字里行间体会到一颗颗鲜活澎湃的文化与文明之心在激情跃动;感谢活动组委会选我作为第四届活动用书的作者,让我自己在梳理过往过程中,认真打量来时路,明确思量去时程。

腹有诗书气自华,最是书香能致远。闻书香而识女人,舞翰墨以晓天下。

徐　坤

2015年10月于北京

目 录

第一章
读书点亮智慧人生

读书：隐秘的快乐 / 002

读书使人风雅 / 009

读书使人树立正确价值观 / 012

绘本时代的阅读 / 017

让阅读照亮未来 / 021

第二章
为女性文学申辩

因为沉默太久 / 026

文学中的疯女人 / 031

英雄浴火重生
——当代女作家笔下男性形象的演变 / 034

在传统和现实之间
——20世纪60年代出生女作家的创作 / 039

《堂·吉诃德》与《莎乐美》
——女性文学中的"抹脖子"事件 / 043

革命历史题材创作中的女性主义美学原则 / 048

第三章
女人无穷动

女人无穷动,男人动不动 / 054

叛逆的骚扰 / 059

《20 30 40》/ 065

女人何苦为难女人 / 068

恨比爱更长久
——也说张洁的《无字》/ 075

第四章

三八节有感

三八节有感 / 080

回家，回家，听鸟唱歌，同驴说话 / 084

一间自己的屋子 / 087

抚摸的纯粹感觉 / 090

亮出你的肌肉块儿 / 093

缝纫机哪里去了 / 097

一唱三叹 / 101

第五章

读大师，吟经典

爱是这么短，回忆是这么长
　　——读曹文轩最新小说集《桂花雨》 / 112

江山如画皮，人生如梦遗
　　——李敬泽之《小春秋》 / 120

听莫言和库切谈诺贝尔文学奖 / 124

当人们谈论门罗的时候，我们在谈论什么 / 127

第六章

从"厨房"到"广场"

厨房（小说）／132

狗日的足球（小说）／152

遭遇爱情（小说）／173

橡树旅馆（小说）／188

午夜广场最后的探戈（小说）／206

代　跋

十年一觉女权梦
　　——从"厨房"到"广场"

第一章
读书点亮智慧人生

读书：隐秘的快乐
读书使人风雅
读书使人树立正确价值观
绘本时代的阅读
让阅读照亮未来

读书：隐秘的快乐

我个人的读书成长经历证明：读书改变命运。

那个时代，读书是我们唯一的精神生活，是我们认知世界的唯一方式。隐秘而快活。

耕读传家久，诗书济世长。

首先，我要说，是读书改变了我的命运。如果不是因为读了这么多年的书，掌握了一定的专业知识，我今天是没有资格在这里跟各位姐妹谈论有关读书、知识与命运的问题的。

身为一名女性，正是由于读书，使我的命运与我的祖母、我的母亲那辈人有了极大不同。

我的祖母出生于1911辛亥革命爆发那一年，算起来应该是跟中国现代史上著名的女作家萧红同庚。然而，遗憾的是，萧红有文化，我祖母没文化。萧红出生于呼兰河的地主家庭，从小受到良好的教育，能够把书一直念到省城哈尔滨，在那里接受左翼进步思想影响，一生都在与封建家庭的叛逆与逃离中度过，并写下名垂青史的《呼兰河传》和《生死场》。而我的祖母出生于东北农村穷人家庭，从小没上过学，一个大字不识，不到十岁就被送到了有钱人家的我爷爷家当"小团圆媳妇"（童养媳），为体弱多病的老徐家的独苗我爷爷"冲喜"。她的这个身份，正好与萧红《呼兰河》里描写的那个备受婆家欺凌致死的小团圆媳妇相同。好在，我的祖母没有被她婆婆家欺负死，她顽强而坚韧地活了下来，还给老徐家生了11个孩子，最后长大成人的有八个。祖母一辈子就是围着锅台转，养活孩子做家务，五十几岁守寡，一生都没有走出她的东北农村家乡。

　　我的母亲，赶上了新中国成立后的大好时光，那是个女孩子也可以普遍读书受教育的好时代。她通过读书考学而走出了大连瓦房店小镇，考到了较大城市沈阳。在沈阳工业学院里她认识了她的同学我父亲，从而使我投胎他们家、我们母女结缘，让我能在若干年后的今天在这里念叨和回顾她的成长。

　　我自己，通过读书求学，比她们走得更远，从沈阳来到北京，完成了地理意义上的命运迁徙。并且，更重要的是，我认为，我通过比祖母、母亲读更多、更丰富的书，使心灵在书籍里走遍了全世界，走遍了前世往生。我也正在用我自己写的书，引领更多的人，去丰富心灵，去走遍往世来生。

　　这一切的改变，都是读书赐予我的。

　　我们这代人的成长年月，从上个世纪60年代中期到整个70年代，基本上是在无书可读的日子中渡过的。那是一段众所周知的十年动乱时期，国家不幸诗家亦不幸。知识和拥有知识的人都被打倒了，他们思想的传播利器——书籍也被销毁剥夺。我们几乎看不到什么书，所有的好书有价值的书，都被批倒批臭，并被封上"毒草"、"黄书"的罪名打入冷宫。市面上能看到的是一些表达当权者意识形态的简单愚民的书籍。

然而，形成悖论的是，在我们成长的那个遥远的不正常年代，书却又是何其神秘与神圣！尤其是那些禁书，因为找不见、看不见，每当偶尔获得，便如获至宝，看得心惊肉跳，同时也心旌摇荡！那时我年纪尚小，自己没有获取书籍的渠道，通常是偷我的知青姑姑的书来读。那年月的下乡知识青年是思想最活跃的青春一群，他们对知识的渴望也达到

书画阅读作品　优秀奖　李晓红

如饥似渴的阶段。四处讨弄禁书相互之间传阅交换、流传各种类型手抄本，就成了那个年代年轻人读书的一大景观。我的三个亲爱的姑姑都在外地上山下乡，她们回家探亲时除了带点山货榛子野蘑菇之外，常随身带些禁书回家来偷读，看不完时会藏在床铺下面和枕头底下。这个秘密被我发现之后，偷她们的书读就成了我的乐趣。记得偷读过我家大姑姑抄在塑料壳日记本里的《伊索寓言》，纯蓝钢笔水写的字，一笔一画，娟秀清丽，抄录农夫和蛇、狐狸和葡萄那些故事，十分认真精细。那些故事对于我这个才上小学二三年级的小孩来说，看起来正合适，非常有趣，可是对于她们那些已经是初中毕业甚至高中毕业生的知识青年们来说，难道说也很稀奇吗？伊索寓言又有什么见不得人的地方还要烦劳她们动手去抄？可怜啊，那个年代！可怜啊，那群年轻人！

从我家小姑姑那里偷来过《青春之歌》看，应该算高段位阅读了吧？呵呵，可惜看不太懂。但是看到书里说，每次出门前余永泽总要抱着林道静、望着她的眼睛含情脉脉叫一声："静……"然后还要"勿"（吻）上一"勿"，不禁看得人脸红耳热，心里怦怦乱跳。这个"勿"到底是个啥动作呢？频频出现，让人痴迷，总之应该是个男女亲密行为吧？！后来，书里又出现一个革命小伙卢嘉川，林道静要留他住宿，眼见着俩人又要有戏了……正看到入迷处，只听我小姑一声尖叫：谁让你偷我书看？小孩芽子会看个什么？！说完"啪"的一声把书抢过去，转身给了我一个后脊梁。书给抢走，没关系，反正她藏书的地方就那么几处，悄悄盯着，下次再继续偷出来读。记得我还偷出过《红岩》、《红楼梦》、《这里的黎明静悄悄》、阿尔巴尼亚小说《火》等等来读。那个害了严重单相思的阿尔巴尼亚小伙儿对姑娘说：我昨儿一晚上没睡着觉……姑娘忙抢白说：天气热，当然睡不着。简直是给了小伙儿一个大窝脖。

呵呵。三十几年前看过的情节，仍然记忆犹新。

阅读的快乐继续延续着。待我升高了两年级能把字认得全一点了，市面上流行的那些厚书，像《沸腾的群山》、《奴隶的女儿》、《艳阳天》，反映抗美援朝的小说《剑》等等，都可以随便拿起来就看了。小人书更是那个年代孩子们的共同记忆，《三国演义》、《卖花姑娘》、《抗联英雄》、《鸡毛信》……无论多么复杂的事情，无一不可绘制成小人书进入孩子们的视野。那个时代，我们汲取知识的渠道无非就是这么多，除此之外就剩下几场可怜的电影。拉出书单，才发现那个时代年轻人的知识结构，是支离破碎的，在价值观形成过程中，文学书籍起了大作用。因为它们好读，是有情节的故事，适于理解与接受。

那时我们对书的感觉，几乎就是对圣物的感觉。每读一本书，都像是往灵山朝圣。我们对于书的作者、制造者，充满了崇拜，对于书中的真理坚信不移。从来没有想到书这种圣物可以是"产品"、"商品"，可以拿来出名、赚钱。

我比知青姑姑那一辈更幸运之处在于，成长到17岁时赶上了国家拨乱反正思想解放的好年代，顺风顺水上了大学，有数不清的好书供我们读等着我们读。刚进大学时，常常是沿着老师开出漫长的精读和泛读书单，不加选择，勇猛无畏地一路朝前奔跑着速读。十七八岁，正是争强好胜不知疲倦的年纪。四卷本的《约翰·克利斯朵夫》两三天就读完了，莎士比亚戏剧、巴尔扎克的人间喜剧、德莱塞的《天才》、丰子恺译《源氏物语》无一不是争时间抢速度阅读，然后就紧忙往下传，后面的同学正排着一长排等着。能有如此的阅读速度，其间当然要包括对不感兴趣的科目旷课或者上课不听讲，以及夜晚搬着凳子到水房借着灯光夜读等等动作。欧美作品，俄苏文艺，东方文学……一个中文系学生应该阅读的中外古今名著，就是以这样的方式和速度尽力读完。不光是文艺作品，理论著作也以同样姿态对待。"我们扑在书上，像饥饿的人扑在面包上"，高尔基的名言仿佛说的就是我们那时候的真理。我入大学那会儿正是20世纪80年代初期，书籍匮乏的时代刚刚结束，被革了命的文化也是刚刚休养生息过来，因而那个时候入学的学生通常都是以囫囵吞枣的速度进行"恶补"，以此作为对过去那个噩梦年代的终结，也弥补从前的知识贫困和苍白。

然后呢，囫囵吞枣很快就化作了"开卷有益"，在过后人生反刍过程中全都变成了滋养。

囫囵吞枣的快乐只有在反刍时才能体会得出。年轻时候负担似的、为应付老师和考试才采取的背诵、快速阅读等等劳苦方式，在中年以后的工作应用当中，才渐渐显出了它的好处和实惠。常言说，"书到用时方恨少"，而当工作中要动用自己过去的知识储备时，竟会发现自己胃部底层，竟存有那么一座未来得及消化的丰富矿藏！

书画阅读作品　三等奖　蔺春凤

人到了中年便可以有足够的能力用新的眼光来分析打量旧的材料，过去有许多理解不了的事情现在迎刃而解；过去许多忽略了的细节被重拾细嚼，更觉精美无限……过去遗漏的许多细节，统统被我们朝花夕拾。还有我们自身的生命体验，也被加入进去一并读了。有时竟不知究竟是我们读名著，还是名著读我们。那种快慰，又是年轻时不能够意料得到的。

假如我们是皮囊中空，一切都待临时填充的话，那滋味自然不会一样。像没有尝过食物的人，又怎样能去比较和鉴别呢？

偷着读书和饥饿式读书，就是我从童年到青春时期的读书方式。读书那种隐秘的快乐，它的快感与愉悦，只有亲历者方才能感受得出。且不说改变命运，当读书是一种快乐的时候，仅就快乐本身而言，谁不愿意去体味一下呢？什么东西能阻挡得了人去品尝呢？

读书使人风雅

不管时代怎么变,环境怎么变,写书读书依旧是风雅的游戏。这一点,由始至终都没有变。

现在,除了专业读书、写书的人员以外,其他人,已经很少有时间读书了。代之而起的,是读手机、读电脑、读电视、读影碟、读时尚杂志,等等,不一而足。时代变了,"书"的内涵和外延也都相应发生了改变,人们获取知识的渠道多了起来,不单单是通过传统的纸质媒介亦即我们称之为"书"的那种东西,更多的是通过包括电子媒介在内的大众传播介质来认知零零碎碎的文明符码。

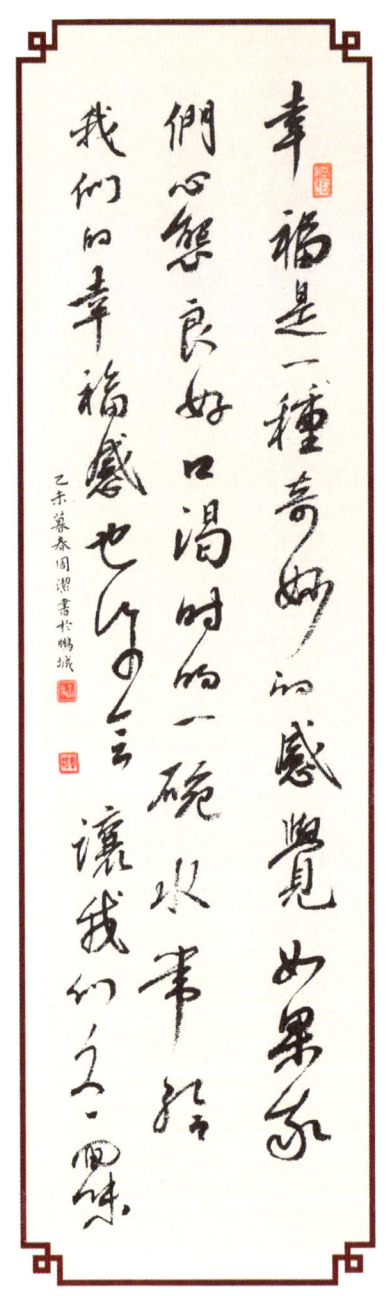

书画阅读作品　优秀奖　周洁

过去我们叫作"书"的那种东西还会有人尊敬吗?

过去我们是怎么读书和看待书的呢?"书中自有颜如玉"、"书中自有黄金屋"的时代早已遥不可及且成追想,我们都没有能赶得上。然而,读书就像吃到一块红烧肉一样填补饥饿胃肠的文化贫瘠年代,却不幸被我们这些30岁往上的人赶上了。那个年代因为没有书读,所以每逢能读到一本好书时都要反复咀嚼,藏着掖着,不舍得一口气品尝完,每读一遍后都要唇齿留香。

活到今天,环境完全变了。实际意义上的"书"的概念已经有些泛滥,写书不再成为文化精神贵族的专利,出书也不再是打造文化文明的义举。市场上闹闹哄哄的局面有时甚至给人造成一种错觉:市面上流行最广的恰恰是最没有文化的人写的书;出版和营销图书的,也都是对书缺乏起码的尊敬之心的小商小妍二道贩子。摆在街面和货架子上的书很多，鱼龙混杂，良莠不齐。文化产业的迅速发展，出版印刷工艺流程流水线作业，都使得出书变得比种萝卜白菜还要简单快捷。文化垃圾的大量充塞，多少抵消了我们对书的一贯景仰。想要得到一本好书，需要几千人的沙里淘金，几乎快要磨瞎了我们一双双慧眼。

然而，且慢！在这些疯狂表象的背后，却深藏着一个不变的实质，那就是：写书读书依旧是风雅的游戏。这一点，由始至终都没有变。

不信你看：如今的街市上，不管是什么人，流氓愤青也好，妓女罪犯也罢，抑或是影视明星当红主持人，只要想到还要通过写书出书来赚取名利，至少说明了他们对书、对文化还保有一丝崇拜和念想。虽然经过这些身份复杂的人的一番折腾，写书和出书的行为本身似乎已经不再高尚，已经快要堕落成无厘头开口秀、超级模仿瞬间速配一类游戏，"书"的内涵也已经被他们给从天堂扯下来，拽到了炼狱里；但内在里它仍旧是风雅的游戏，在表演者和观赏者看来仍旧是才智和心性的一种证明。无他，书的传统品性使然耳。"书"在人们心目中传统的地位、书的传统的文化含金量仍在，它依旧是精神的最神圣的外化。不管谁来打击它折磨它，一时半会儿，它的神圣崇高感都不会立即消失。难怪出书的明星红人们都努力强调书是自己"亲手"所写，而不是由他人代笔捉刀。对他们来说，手捧一本极度自恋的书，就是自身不是白痴而是有文化的证明，也是手捧一张往上进阶的文化通行证。

对他们来说如此，对我们里说亦然。对文化和精神文明的向往使我们不断制造大量书籍出来，用以交流，用以酬唱，用以提高我们自身的社会评价。

读书使人树立正确价值观

每年的4月23日是世界读书日,关于读书的话题逐渐多了起来。近年来,不断有学者通过媒介发出"要读书"的建议,读书问题已成为一件关乎民族素质的大事。

1995年,联合国教科文组织第28次大会确定每年4月23日为世界图书日,又称世界图书与版权日、世界读书日。旨在推动阅读和写作,宣扬跟阅读关系密切的版权意识,鼓励每一个人,尤其是年轻人发现读书的乐趣,并以此向那些推动人类社会和文化进步的人们所做出的伟大贡献表示感谢和尊重。

每年的全国两会上,我们也能看到不断有代表委员提出倡议,希望设立属于中国自己的读书日和读书节。曾见有中国出版集团前总裁聂震宁等政协委员倡议将每年9月28日设为"全国读书日"。还有全国政协常委、苏州市副市长朱永新也同样倡议设立"国家阅读节",他连续5年递交相同提案,同时署名的还有作家王安忆、张抗抗、梁晓声、赵丽宏等。

这么多委员同时来敦促国民读书,似老生常谈,又立意深远,意在打造国民素质,加强文化建设,其情之殷殷心之拳拳,令人感动!

为什么这么多人都在倡导读书、设立专门读书节日?通常来说,人们倡导什么,就证明什么走向衰微了、有了颓势、在走下坡路。是不是我们现在读书风气不盛、尤其是年轻一代,喜爱读书的人少了?

是的。当然有这方面的问题。我刚才说过,像我们这些出生在20世纪60年代以及那些出生于50年代的人,都经历过从没有书读、到可以自由阅读、再到囫囵吞枣读书恶补阶段,然后都从读书受益,因读书而改变命运。那么,80后、90后以及21世纪出生的"00后"等一茬又一茬年轻人呢?他们怎么办?他们又该如何选择?他们一出生就赶上书籍堆积如山的日子,随便读,翻着捡着读,想读什么就有什么,却为什么,反而要老师家长逼着读、拿鞭子赶着读,为什么反而对读书没乐趣了呢?

当然有各种各样原因。其中之一,是没有挨过读书之"饿",所以对进食和饱食都没有太大兴趣。就好比是独生子女养尊处优,他们小的时候吃饭都要大人追着喂一样,根本还没饿,大人就要填食,填食填得不对劲,导致他对食物没有热情,甚至逆反,根本不知道所谓美食珍馐是个什么滋味。再有就是社会上蔓延的读书无用论影响,商品经济大潮的冲击,拜金主义盛行,衡量成功的唯一标准就是财富。在中国特殊的转型时期,首先掌握了财富淘了第一桶金的人,都是那些胆子大、没文化不读书的人。而读书的大学生毕业之后却找不到工作，无法养家糊口种种20年来目睹之社会之怪现状，导致人们看不到"知识"立刻兑现成"资本"的可能性，因而对读书兴趣全无。还有相当多的人，主要是功利性的阅读，是将读书当成是获取信息的渠道。而当认为渠道不畅通时，他们自然要背离而去，去寻找新的途径。比方上网、看电视、泡吧、聚会、请客吃饭等等，通过各种方式获取信息。

而读书，仅仅是获取信息的渠道吗？

不是。读书，不仅是获取信息，更重要的，是帮助我们树立人生价值观，是帮助我们建立起对世界的一种看法。

古往今来，书是什么？书当然就是上帝的使者，是

书画阅读作品　优秀奖　罗婵婷

它使思想插上了翅膀，将真理和智慧传布人间。书的原料从甲骨、竹简、羊皮到丝帛、棉麻，在成本逐渐降低的过程里，知识的传播面也逐渐扩大。直至印刷术的发明，纸质书刊的出现，文化才真正普及渗透到草根众生。书把人类文明的优秀成果告诉我们，把前人观察到的世界本来面目告诉我们，并教人思考，教人沉静，教我们的心灵与古圣先贤的思想相对接、相比照，并使后人的思想得到提升。

我们这些中年人，正好赶上了纸质书刊最为风行时代，曾贪婪嗅闻过纸书的墨香，受益过圣贤经典的教诲，遭逢过兵燹动乱无处安放书桌无书可读的晦暗，也体会和享受到了个人拙作一纸风行的些微荣耀。这个时代，虽然书中不再有颜如玉、黄金屋，然而书教给人明晓世理、赐予人谈吐机锋、教会人风雅酬唱、帮助人修身养性安身立命的功用却千秋传承、恒久不变！古人云，三日不读书便觉面目可憎。今人语，一日不读书其状形同犬豕（屎）。

曾几何时，电脑的发明和网络写作的迅疾泛起，扩大了"书"的外延，传统意义上的写作和阅读遭受了无情打击。网络书写和阅读，使文化的门槛一再降低，它简易、轻松、传播快、受众广、不受限的特点，受到广大青年人的追捧和青睐。同时，由于它的鱼龙混杂良莠不齐，极易混淆视听，乱人心智，从树立文化的权威性和可信度上来说贻害无穷。

介质的转换，必定会带来震荡和革命。我们这代人都赶上过从古文到白话文的转变、从繁体字到简体字的改革，如今又是从手书到电子书写的转换，每逢变革，局面有点混乱，是正常的。一个不可更改的事实是，不久的将来，那种新型的、带电的书写和阅读将成为主流，而环保、低成本、容量大的电子书籍也将逐渐取代纸质书刊，这是数字化时代人类高科技成果使然，谁也阻挡不了。如果单从"阅读"本身这一模糊概念来讲，将网上浏览也统计在内的话,现时代民众中的阅读人群数量不会低于以往任何一个历史时期。

如此,当委员们在呼吁和提倡建立"阅读节"与"读书节"的同时,依我之意,可否将全球化数字化时代的因素考虑在内,在提倡和尊崇阅读传统纸书之时,也不过分拒斥贬低新兴网络阅读和书写,而是加强管理引导和规范,树立网络文化权威性,逐渐使网上公共领域内那些可以随意书写张贴的地方,不再成为多嘴嚼舌搬弄是非之地,而成为个人显示风雅才情的地方,岂不更好?一旦"网书"也被囊括在"读书节"的范围内,它也将因此水涨船高,明心见性,成为人们向上进阶的一张文化通行证。

纸不在,网方兴;风尚在,雅犹存。让阅读万变而不离其宗,何乐而不为呢?

书画阅读作品　石　坤

绘本时代的阅读

绘本、动漫、连环画、小人书……这些概念,内核相近,外观不同,牵系着不同年代孩子们的成长,给他们看世界的方式上刻下了烙印。

一位儿童文学作家送我一套新出的绘本读物,文字非常漂亮,优雅,唯美,感伤。他的书动辄发行几十、上百万册,非同凡响。可惜书中给文字配的图画,有点差强人意。那些冠以"某某创作室"的绘画产品,执笔者年龄都很小,有的是80后,年纪轻轻闯江湖,用心程度虽然有,但是画艺稍显逊色。公鸡画成死撅撅的调子像只瘟鸡、各种涂料和彩色碎布头混搭拼贴、人和动物都涂成灰不溜秋实心的,笨笨的,很压抑滞重。为什么不能找有经验的人,画得好一点儿?儿童画看似简单却最难画,对线条和神韵的要求都很高。没有深厚的功底,练不了这活计。

当然,从另一个角度,也可以说,这些都是当下绘画的流行元素,用在绘本童书里也不过分。时代变了,绘本的风尚也有了改变。有些童书,已经是现代科技制作的三维立体绘画书了,当描写到鸟语花香时,都有做成花园和植物状的硬纸壳弹出来,还有小鸟啾啾叫,非常直观。技术的发达,弥补了画艺的不足。没有人还在原始的绘画线条和色彩方面下工夫。

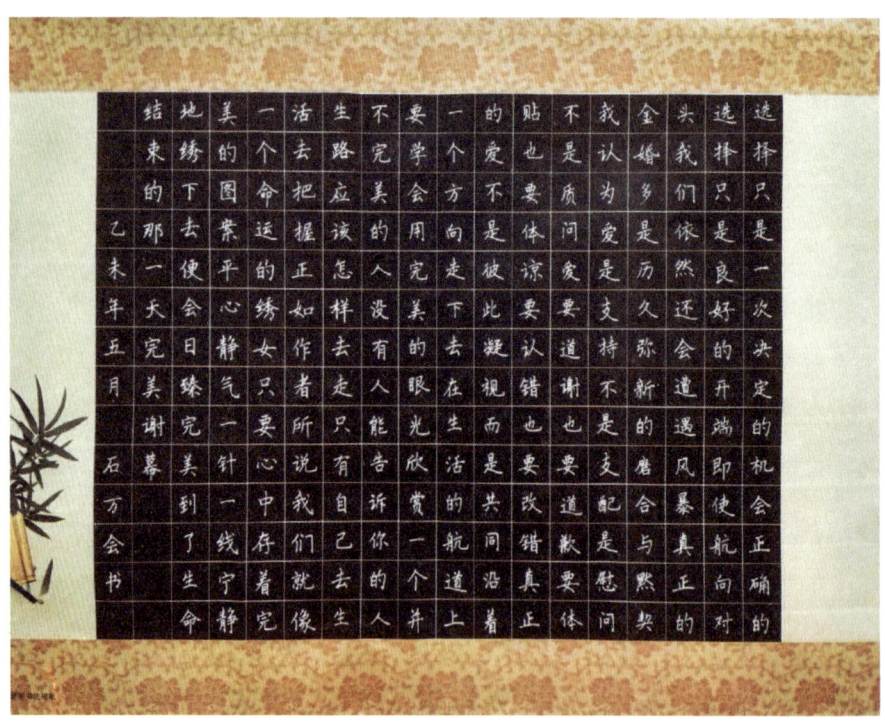

书画阅读作品　优秀奖　沈秋媛

这让我想起过去年代的绘本，我们小时候读的连环画小人书，全是画坛大家所作，直到现在，那些20世纪60、70年代的绘本还一纸风行。当然，那是一个不正常的年代，为响应文艺为工农兵服务的号召，功底深厚的一代画坛大师们，被迫在他们最好的年华来画连环画，牺牲了他们一代人，得益的是我们这些少年儿童。那时的连环画，并非低幼读物，而是面向广大国民。从《三国演义》、《西游记》到高尔基的三部曲以及革命斗争故事，皆可入画。

绘画大师刘继卣的《鸡毛信》，开启一代连环画的画风。《鸡毛信》可能是我小时候翻看次数最多的一本小人书，一个小孩把一封信藏了又藏，揣在身上，藏在羊肚子里，结果还是被伪军发现逮着，然后信又丢了，又回过头去找，费尽周折。看完以后，不知为什么总是有一种孤独的感觉。可能跟作者刻画人物的笔法有关系，书中用了十分简洁流畅的白描线条，一点没有赘笔，容易让小孩觉得空旷、感伤。还看过刘继卣画的《大闹天宫》组画，人物繁缛，场面宏大，色彩缤纷，真了不起！

董洪元画的《抗联小战士》和高尔基三部曲《童年》、《在人间》、《我的大学》，画得多好啊！《抗联小战士》，画得很厚实，很密，东北老林子里皑皑的白雪，密密麻麻的树，抗联战士穿得厚厚的很臃肿的衣裳，都让人觉得打仗很艰苦，很冷，很不容易。《童年》里捡垃圾的小混混们坐在木栏杆上忧伤又开心的画面，祖母和祖父争执谁的水杯里茶叶放多了的构图，常留心间；《三国演义》，我看的20世纪70年代重出的一套48本的，全是大师所做，太漂亮了！人物众多，里面的仗也打得比较频繁，粗黑线条的人物总是船上马下、刀戟生风，英雄大汉个个凝重奔放，潇洒传神。

艺术都是相通的。从这些童年的绘本读物里，我不仅学到了知识、概念、道德观，更体会到繁缛与简约、写意与白描、工笔与重彩的意韵。那些属于中国式的、传统的线条、布局、飞白、走势，人物的动态、静势，每个画面，都常留在心里。《大闹天宫》组画里的绚丽重彩，同样让人印象颇深。好像我第一次见到国外油画时，也没表现出什么过分羡慕的，《大闹天宫》组画丝毫也不逊于它。从《鸡毛信》和《抗联小战士》里孤独小孩的受罪，到《西游记》、《三国演义》里妖魔鬼怪、英雄大汉们的群像大合唱，我得出了非常有意思的线条式世界观：好像这就是人生，小时候总是要孤寂落寞，长大了就自然会呼朋引类地热闹起来了。

　　这些感受，在我自己今后的写作中，也派了用场。一部小说，如同画面，哪些地方需要简单交代，哪些需要反复描画吟咏的，哪些地方需要留下想象空间，都有讲究。与浓墨重彩的色彩比起来，我更喜欢简洁流畅的线条。人生，在线条之中，几笔就完成了，根本不用一遍一遍重复涂啊涂的。这都是那个时代黑白线条的大师手绘小人书给我留下的至深影响。

　　绘本、动漫、连环画、小人书……这些概念，内核相近，外观不同，牵系着不同年代孩子们的成长，给他们看世界的方式上刻下了烙印。人都说，小时候看什么书，就会决定长大以后未来的走势。看三维绘本长大的孩子，长大以后，是不是不用戴立体眼镜，看世界时人物和物件天生就是科技立体的？而我们这些看小人书和连环画成长起来的人，是不是一直还沉浸在传统的点线透视观里？

　　当然，这里没有孰优孰劣的问题，而是时代发展科技进步使然。只是希望当下的绘本，在技术发达的基础上，绘画的基本功底再深厚一点，画出来的东西再灵动、再有文化、再有意韵一点。

让阅读照亮未来

不读书的人，只能活在当下，懵懵懂懂，过完极其短暂有限的一生；而读书的人，却能知过去、晓未来、能多活好几辈子，能活上千秋万岁！

2015年北京出版集团在"世界阅读日"举行活动的主题是"捍卫纸质阅读，发展电子阅读"，并请我做嘉宾演讲。

我一看到"捍卫"两个字，不由得就笑了。为什么？这明显是我们这一代看纸书长大的人所用的词儿，表明了对传统纸书的感情，像守护几十年的婚姻似的，要"捍卫"。我想，80后、90后的年轻人听起来，可能也要笑得够呛。

说实话，对纸质图书，我也曾经"捍卫"过。对于电子书，网络阅读，我也曾经抵制过。但是现在，我的想法已经有了改变，我不捍卫也不抵制了。

举个例子说，十几年前，在作家刚刚开始"换笔"由手写而改用电脑写作的时候，我很不适应，不光打字慢、写字速度跟不上思维速度，而且保存文件时经常丢失，因而我对电脑非常排斥和懊恼，曾写过《怀念手稿时代》一文，表示对电脑写作时代的痛恨。我说："手写的稿子有一股子'手味'，那是一个人生命的脉动，通过笔尖与腕部与稿纸的摩挲，遗留在纸上，新鲜而独特，并永留千古；而机器写的东西有一股子机器味，生冷坚硬呆板，面孔千篇一律，完全破坏了汉字形式的美感。"

10多年后，当我对电脑已经运用自如、并升级换代过五六台电脑、对机器写作已经产生巨大依赖性时，我就不这么看了。我享受到了电脑带来的巨大好处，比起手写时代来，这个"好"可真是三天三夜也说不完。想想手写时代，一部几十万字的小说要誊写三遍、然后装订，复印，然后邮寄，然后等待漫长邮路的到达，然后是责任编辑费劲巴力辨认作者龙飞凤舞的字体……巨大繁琐的工作量和蜗牛般的慢节奏，真是不堪忍受！而电脑时代，稿子可以边写边改，完成后只需手指轻轻一点，几秒钟，一部长篇小说就用电子邮件发送到地球任何一个角落。而且，十几年来，我惊奇地发现，并没有因为电脑稿件的普遍使用，而使文学的品质有所降低。人们该怎么写还怎么写。

10多年时间过去，现在，你再让我回到手写时代，那是万万不可能的。不是回不去，而是坚决不回去！这就像河水不可以倒流、历史不可以倒退、长大了的人不可能再回到小时候一样。

今天，我们在这里讨论的"纸质阅读与数字阅读"问题，跟10多年前的作家"换笔"问题，何其相似乃尔！

正如集团老总吴雨初先生说的一样，当电子阅读的浪潮袭来，"作为阅读，我们仍然是把纸质阅读作为最重要和最主要的形式，"因为，"纸质图书伴随着人类走过两千多年，记录了人类思维、科学、文学、文化的所有成果，成为人类文明史的物质载体。"是的，我们不可能轻易抛弃和废置这个亲爱的由树木、森林、棉麻等自然植物打浆制造而来的纸质载体。对于像我这样从读纸书成长起来的一代人来说，我曾经迷恋小学新课本上油墨的芳香，迷恋中学大字描红本上宣纸的神奇，迷恋长大以后博览群书时带来的思想的快慰和智性的启迪。

一旦我们所迷恋的这些传统纸书时代的深度阅读，变成了电子阅读时代的快速点击浏览，我们会很快适应吗？答案是肯定不会，肯定要有个像最初"换笔"时从排斥到接受的慢慢适应过程。而对于20世纪90年代以后出生的孩子们来说，他们赶上了一个信息技术飞速发展的数字化时代，电子书写与阅读是与生俱来的，他们别无选择，也没有障碍。

因此，身处转型期的我们，必须要学会与时俱进，适应时代的改变。为了尽快适应数字阅读方式，我们不妨这样假设一下：假如我们读的是"内容"而不是过分注重文字的载体的

书画阅读作品 二等奖 王雪琳

话，写在纸上的字跟呈现在电子显示屏上的字，又有什么区别呢？没有。纸质阅读和电脑阅读，虽然文字的载体不一样，而呈现出来的汉字方块字却是一样的。只要书写的内容不变，书里传递出的人文思想和精神气质不变，文字写在甲骨上、竹简上、羊皮纸上、或者宣纸上，不都是一样吗？都是使思想插上了文字的翅膀，通过各种承载物，到处传播弘扬。

从形式上讲，从纸书发展到电子阅读器，技术上更进步，材质上也更环保。这是人类科技史上的又一大进步，我们应该为之鼓与呼。

数字阅读时代，给我们这些搞原创的作者提出了更高的要求。如果说，纸书尚留有人类文化的"垄断性"和精神贵族遗风，那么，数字化阅读，就使文化更加平民化了。在便利、快捷的旗号下，是文化的平等和共享。因此，如何凸显写作者的艺术个性，真正以"十年磨一书"的精神沉下心来写精品、写好书，去继承、弘扬人类的文化传统，以文字引领人们向美的境界飞升，用自己的作品观照世道，给人心提供一条向上的出路，就成为今天摆在我们这些作家和人文学者面前的重要问题。

我的童年和少年时代赶上了"文革"没有书读的时代，直到青年时期，才赶上国家拨乱反正改革开放的大好时光，才能够自由地读书，才开始囫囵吞枣、饥不择食似的恶补文化知识。我希望这样的场景在历史上不再重演。在21世纪这个物质和精神产品都极大丰富的新时代，我仍然要老调重弹，奉劝朋友们尤其是青少年朋友多读书，读好书，无论是纸书阅读还是电子阅读，都要从书中汲取道德的魅力，美德的魅力，从古圣先贤书中教诲里得到人格的完善和修炼。不读书的人，只能活在当下，懵懵懂懂，过完极其短暂有限的一生；而读书的人，却能知过去、晓未来、能多活好几辈子，能活上千秋万岁！在世界阅读日到来之际，让我们来一起来读书吧！让阅读照亮未来！

第二章
为女性文学申辩

因为沉默太久

文学中的疯女人

英雄浴火重生
　　——当代女作家笔下男性形象的演变

在传统和现实之间
　　——20世纪60年代出生女作家的创作

《堂·吉诃德》与《莎乐美》
　　——女性文学中的"抹脖子"事件

革命历史题材创作中的女性主义美学原则

因为沉默太久

我不知道这位丁来先生是男还是女,读了《女性文学及其他》(《中华读书报》1995年12月20日)一文后,我也感触颇深。借用丁先生诘问戴锦华教授的方式,我也很想问一问丁先生:假如你有一个儿子,已满18周岁,你是否愿意让他看《废都》、《白鹿原》、《伏羲伏羲》、《妻妾成群》、《疼痛与抚摸》以及《丰乳肥臀》?再推远一点说,你是否愿意让他看《查泰来夫人和她的情人》、《感官世界》、《北回归线》、《红与黑》以及《游仙窟》和《金瓶梅》?

如果丁先生回答说"愿意",那么你对戴锦华教授的诘问就不能够成立;如果丁先生说"不愿意",那么你对整个女性以及女性文学的诘问也就全都不能成立。

第二章 为女性文学申辩

我想要说的是，女性、女性文学与爱心，并不是互为因果的概念，不能强行牵入同一个范畴来以此非彼或以彼非此。爱心对任何人，对何种性别的文学都同等重要，绝不像丁先生所说，爱心只对女性"尤为重要"，这无异于是在宣告说，爱心在男性那里就显得"不那么重要"或"根本不重要"了。缺少了爱与同情，人类就失去了在现实世界中安身立命的依据，人类文明的衍进也就变得毫无意义。男女生来就应该是平等的，谁都没有权利来规定和要求女人天生就该比男人承受更多、付出得更多。即便是上帝，也不享有这种特殊的权利。丁先生所引《圣经》中上帝造人原理来证明男女先天有别、应该各司其职，这种引证并不十分严谨。《圣经》亦即希伯来人的《旧约全书》，是在犹太人作了"巴比伦之囚"后的五百年中，由他们的文化人所编订整理出来的文学遗产。"摩西五经"中的《创世纪》只是古代神话传说歌谣风俗等的资料汇编，都是出于人类之口之手。人类创造了上帝，上帝必然要替造他的人说话。假如上帝也有说得不对的地方，那么就得劳动圣母尊驾高举起慈爱的巴掌，痛打圣婴耶稣那长着男性生殖器的小屁股。（恩斯特：《圣母在三个证人——安德烈·布雷顿、波尔·艾吕雅和本画作者面前痛打圣婴耶稣》）。难道丁先生真的相信并认为女人是从男人肋骨上生出来的吗？

至于丁先生说到大自然潜在的规律，以及男女生物结构对两性各自基本天职安排的不可更改性，我想这应该是生物学和社会学方面的命题，科学研究成果已经从质的和量的规定性上对男女智力和膂力进行了精确而周密的分析，其结论已经证明了男女之间是否存在孰强孰弱、孰优孰劣的问题。我更相信这样一种观念：即女性只是后天形成的，是男权社会将诸种事先规定好的、他们所认定的所谓"女性特质"强加在了她们身上。按丁先生之说法，现今社会"男人作为主动进取之势力，作为历史前进过程中的锐利之源"之模式，是否就已是进化得十分完满？问题多多，矛盾也多多。若这样说的话，倒不如采取"男女平行共进"的说法更能深入人心，更符合整个社会历史的基本发展态势。

  丁先生所谈到的女性意识觉醒的几点体现，我想，把它放在普天下男性身上，也同样合适，同样具有劝诫作用：男性也应该"意识到自身的养育天职的重要性；真诚的爱与同情心；柔和宁静；朴素谦恭"等等。一旦男性也如女性一样，人人能够做到以上这些，那么我们这个社会真就几近完美了。"作为主动进取之主宰力量"的男人，掌握着这个社会前进大方向的性别群体在道德上和意识上完全自律和自觉了，那么，作为"被动温柔"之力的女性也就无须再做什么努力，只是顺其自然听天由命地承受一切便够了。按丁先生提出的观点，我们可否得出这样的推断呢？

  我完全能够理解丁先生所真正忧虑的是什么。您想说的无非是女性文

书画阅读作品　陈　曦

学中所表现出来的性意识，会对青少年的成长产生什么影响的问题。我想这个问题完全不应该混淆在女性文学题目下来讨论。正如我开篇所列，那一长串的男性文学作品中流露出的性意识，比之女性文学甚而又甚，会给下一代带来些什么影响，本身同样也可以拿出来加以展开讨论，但那已经是需要在另外一个范畴里加以专题研究的问题。所以，问题的症结并不在这里。问题在于，对于女性意识以及女性文学，我们应该持有一种什么态度。

作为一种边缘话语的女性文学，与其他诸种新潮文学样式诸如先锋、后现代、后殖民等等一样，只是借助于外来语势才得以在国内生成和定位的。其目的，无非是唤醒女性对自己性别意识的自觉和自省，以在男权话语一统天下的缝隙中求得一线女性话语和权利意识的生机。女性文学，说到底，无非就是争得一份说话的权利。当这个历史和现实都已变成了男性巨大的（实际上非常孱弱）菲勒斯的自由穿行场，未来的云层和地面上竞相布满了男性空洞的阉割焦虑的时候，女性以她们压抑已久的嘶哑之音，呼喊与细语出她们生命最本质的愤懑与渴望，她们不惜以自恋自虐甚至自戕自焚式的举动来争得一份属于她们自己的话语权利，表明她们心底的不甘和颠覆的决绝，这不啻于是楔入男性里比多浮躁中的一剂镇静败火的清凉。女性因为沉默太久，缄口的时间竟然可以以百年千年为单位计量，所以，若不在沉默中爆发，便是在沉默中灭亡。一旦铁树开花，哑巴说话，会招致一些惊异或怪异的目光，就显得十分正常了。譬如丁先生会用一些"准黄色"、"助纣为虐"等带些道德审判的字眼，甚至于用"个别自命的女作家"这样的词句，连女性写作者的身份也要从根本上予以否认，这样就显得有欠公允。无论是读者还是批评者，都不应该把女性文学简单地等同为性文学，那样不光会挫伤女性作者一颗敏感而温良的自尊之心，也显得批评者的误读功夫太有些到家了。但愿人人都能够冷静下来，抛开先入为主的概念和偏见，认真从女性文学中读出她们那一份不同于男性的、深长而痛楚的生命体验，她们对于爱与善与美的呼唤的焦灼。惟其如此，才能让男性与女性同时意识到，这个世界不光是男性一人的世界，不光有男性粗粝、坚硬、喉结上下窜动翻滚的声音；这个世界也是男女共存的世界，还有女性那纤柔、细腻、充满弹性与质感的声音于无声处坚韧不拔地响着。

  我想，假如丁先生是一位男人，那么你在文中所表达的，仍旧是千百年来男人对这女人的一贯要求和看法，听起来比较合乎于这个男权世界的中心话语，并没有什么奇怪；假如丁先生是一位女人，那么你所表达的，也仅仅是千百年来男权话语附注在你身上，进而通过你所透露出来的惯常信息，也没有什么奇怪。由此看来，女性意识的觉醒及女性文学的张扬就更显必要了。而无论男性还是女性，最重要的，我想，是应该彼此之间达成一种共识，那就是：在一个文明共建的社会里，男与女，都应该相互尊重，好自为之。尤其是"作为社会主宰力量"的男性（若真是那样的话），则更应该时刻注意自持、内敛、端庄自己的言行，以给"被动温柔之力"的女性做出前行的榜样。

1995年12月12日于京西浴风阁

（1996年1月10日，本文发表于《中华读书报》）

文学中的疯女人

张洁的长篇小说《无字》获得第六届茅盾文学奖,应该说是在期待之中,也在意料之外。1998年此书的第一卷在上海文艺出版社出版时,笔者曾有过评论,叫《恨比爱更长久》,为书中的"疯女人"吴为这样一个形象的出现感到惊悚。一部历史,换成女性的视角来观察打量,立刻漏洞百出,不堪诘问。无独有偶,当年作家徐小斌也出版了一个长篇《羽蛇》,同样是一部女性家族史,女主角羽也是一个"疯子"。吴为和羽,她们都是有思想有智慧的女人,敢爱敢恨,然而却不见容于这个社会。最后不得不疯,或者说被指认为"疯"。

"疯女人"是一个历史的命题,也是一个世界性的命题。她是文学史中并不常见的形象,然一旦出现,便摄人心魄,刻骨铭心!从读者耳熟能详的《简·爱》里的疯女人贝尔塔·梅森,也就是那个阻碍罗切斯特跟简·爱结婚、最后一把火点燃庄园的疯前妻,到《祝福》中被逼而疯的祥林嫂,《雷雨》中郁闷而疯的繁漪,张爱玲《金锁记》中歇斯底里的曹七巧,《城南旧事》里被骗失身的小妞子的妈妈……一大群巫婆、恶魔式的疯女人,她们的疯各有千秋,究其本质,却也不乏其相同或相似之处。

男性大师笔下的疯女人形象,姑且搁下不表,它要运用另一套理论体系来解析。单说女性笔下的疯女人,按照西方女权主义批评家吉尔伯特和古巴尔的逻辑,女性作者笔下的"疯女人",蕴涵极大意义,是女性自我的"疯狂的复本"和"作者身份的女性精神分裂症",换句话说,是女性的自传或准自传。女

书画阅读作品　　优秀奖　　高若婷

作家把她们的愤怒和不平投射在阴森恐怖的形象之中，惟其如此，焦虑的女作家们才能爆发出郁积在胸中的不可遏制的怒火，并通过写作来自我抚慰以使心中怒火毁灭。这种做法既是在鉴定又是在修正那个父权制文化强加于她们的"自我的界定"。

透过文本，我们会看到，"疯女人"们都遭遇了一个基本前提，那就是：为爱而疯。正是由于爱得深爱得切，爱得抑郁不得志，一旦遭遇欺骗或者失败，她们立即陷入无法自控的抑郁疯狂的陷阱。《无字》中的吴为在与丈夫胡秉宸及其前妻的爱情撕扯中心力交瘁疯癫呓语，《羽蛇》中的羽在缺失爱的家庭里压抑郁闷精神变态紧张，《金锁记》里曹七巧守寡后安全感极度缺失，对金钱、子女贪婪乖戾占有无度……

女人无论取得怎样的经济独立和社会地位，然而，属于她们自己内心爱的这一隅唯独是脆弱而充满依附的，很容易受到伤害，或自我感觉受到了伤害。通过"疯女人"这种艺术当中的"泄愤"行为，女性作家们书写出了"第二性"群体普遍的内心真实。无论你接不接受，承不承认，这都是现代性进程中一个极具革命性的变化。正是这些有视觉冲击力和文化穿透力的女性书写，使几千年一贯制的男权文学史因此而得到了某些修正和必要的改变。

英雄浴火重生
——当代女作家笔下男性形象的演变

改革开放30多年是中国大陆政治经济文化发展的重要时期。如果将这30多年作为一个历史时间段来研究的话，我们会发现，中国大陆的女性写作，完成了一个历史的循环，从女性小说中的男性人物形象入手分析，那就是：从20世纪80年代"英雄出世"——到90年代"英雄堕落与毁灭"——直至21世纪"英雄的浴火重生"，完成了从英雄到狗熊、又重新恢复成英雄的阶段。

下面我们逐一分析这几个历史阶段：

第一阶段：1978～1988年。改革开放之初至20世纪80年代，女性写作跻身和吸纳于国家民族的宏大叙事之中，跻身于思想解放运动之列，她们跟男性作家具有共同的政治立场，那就是文学担当时代精神传声筒和改革急先锋的作用，同时担负着时代教义、信仰、宗教、哲学等等使命。而"性别"无论是在政治斗争还是在日常社会生活中，都不是要额外加以考虑和提出的因素。

这一时期，是女性和男性共同"寻父"的时代。女性与男性同步，纷纷在文章中树立起正面的英雄形象——当然，习惯性的是男性的英雄。女作家笔下的男性是高大完美的、是盖世英雄，那些从苦难里走出来的男性担当着她们的精神导师和肉体启蒙者的角色。

这一时期，我们看到，在属于男性的小说《东方》、《将军吟》、《冬天里的春天》、《黄河东流去》的历史宏大书写里，在王蒙"意识流"小说对政治生活的重新打量评估中，在莫言咄咄逼人才气横溢的重塑民族精神的"红高粱"战争系列覆盖下，在贾平凹厚实淳朴的乡间才子气的乡村系列遮蔽中，在张贤亮《绿化树》、《男人的一半是女人》男性自我为中心的非理性自恋里，女性在男权话语包围中勇猛突围而出，以饱含深情的婉约、舒缓的笔调，以崇敬和仰视的目光，创作出让人们的心灵和肉体产生震颤的名篇，书写了一个个"如父如兄"的英雄形象：

如张洁《爱是不能忘记的》、《沉重的翅膀》，王安忆《雨，沙沙沙》、《小鲍庄》和"三恋"，铁凝的《哦，香雪》、《没有纽扣的红衬衫》、《玫瑰门》和"三垛"，方方的"三白"，池莉的"烦恼人生"系列，以及蒋韵、迟子建、蒋子丹等女性作家的小说，都将女性的写作汇入到改革开放以后伤痕文学、改革文学、寻根文学的时代大潮中，执意在男性身上寻找着庇护、安全感和温暖善良。正是在对"如父如兄"的男人的寻找和刻画里，她们完成了自己的肉身解放和精神成长，并与男性一起完成了将文学充当20世纪80年代思想解放运动利器的光荣使命。

这一时期，在对英雄的刻画和膜拜中，女性普遍具有盲目崇拜与全盘接收混杂在一起的自我强迫症，同时极易陷入用幻想设置起来的美感与诗意的陷阱。

第二个阶段：1989～2000年。整个20世纪90年代和21世纪初，是中国价值多元化和市场经济风起云涌的时代，文化和文学产业呈现混乱斑驳的场景。

最能表现20世纪90年代文化场景的典型特征，是由《废都》而来的世纪末情绪。男性文化英雄们的自我放逐和颓废，也成了女性疯狂解构主义时代的到来的助推器。

女性笔下的英雄这时已经降落人间，并迅速垮塌、进而陷入虚无主义深渊。最早是王安忆《叔叔的故事》，通过拆解叔叔的故事中所有的神圣与崇高，试图打破的是那个年代文化英雄与精神领袖的幻像，通过戏仿20世纪80年代小说的基本模式，企图消解的是洋溢于10年间的诗性。有趣的是，又过了10

书画阅读作品　优秀奖　何巧凤

年之后，铁凝的《大浴女》，书写的是同一个母题，并在被拆解得七零八落的叔叔零件上，又狠狠地捅了几刀！那些落难英雄的乌托邦诗篇立刻变得一地琐碎鸡毛。

接着是"弑父"情结的出现：徐小斌《双鱼星座》、池莉《云破处》、铁凝《午后悬崖》等小说，揭露出男人是虚伪的历史罪人。女人在对男人举起刀子时，毫不手软。她们是在替天行道，惩戒恶人。

这一时期的登峰造极之作是老作家张洁的长篇小说《无字》，在一个"疯女人"的家族史里，在对历史的佼佼者、有着光荣左翼经历的男人胡秉宸的重新审视中，作者诉说着面对历史巨大的怀疑和宣判。男性"悲剧的诞生"与"谎言的衰朽"成为必然。

这一时期的男性形象，无一不是"反英雄"的形象，金玉其外败絮其中，被女性所蔑视。男人们已经被描写得"低得不能再低，一直低到尘埃里"，即便死后也要被抛尸掘坟、迎受女性执正义之鞭，对其进行历史和道德的拷问和鞭笞。

但是，问题也紧跟着出现了：哀鸿遍野、遍地英雄尸首的虚无主义之中，女性也面临理想无处放置的悲哀和凄凉。

第三阶段：2001年21世纪到来以后，文学书写当中迎来了英雄回归、浴火重生的阶段。

宗璞的《野葫芦引》（南渡记和东藏记）系列，王安忆的《启蒙时代》、铁凝《笨花》、凌力《北方佳人》，蒋韵的《心爱的树》，徐坤的《八月狂想曲》，从女性写作的轻灵转向厚重博大，在现代主义和女性主义对英雄书写的毁灭性浪潮中，采取正面强攻手段，硬是要树立和打造起英雄的形象。无论是国难当头时知识分子硬骨铮铮，还是知青英雄的启蒙理想主义者，无论是军旅英雄还是少数民族骁将，抑或是"新新中国"的青春英雄人物，都体现了女性自我纠偏、建立起新的信仰和理想的努力。

有趣的是，21世纪里，女性笔底的英雄的回归，写的多是"有文化的英雄"。同一时期，男性笔下《我是我的神》、《历史的天空》、《亮剑》里多是草莽英雄。这也是男性自己重塑自身的一个迂回性文学手段。

综上所述，回顾30多年来女性视阈下男性形象的演变，我们看到是理想主义重建的过程，看到了在对男性英雄"去魅"与重塑过程中，女性彻底地独立和成熟，看到了她们与生活的和解，看到男女心灵的相互交融和真正意义上的平等。改革开放30多年来，中国的女性主义写作从对西方理论的借用与反叛、从对传统观念的颠覆中与皈依中崛起，在新世纪到来后的文化格局重整与理想主义重建过程中获得成熟。

在传统和现实之间
——20世纪60年代出生女作家的创作

20世纪60年代出生的女作家,继承的是80年代的思想文化资源,广泛接受古今中外文学思潮的浇灌,相对50年代和70年代出生的作家而言,她们是承上启下的一代,是从传统到现代、从保守到激进的一代,从服从到叛逆的一代,从驯顺到颠覆的一代,也是从"后现代"返归"前现代"的一代。在小说领域出现不少有成就的作家,从80年代中后期开始出道的迟子建、庞天舒、陈染、海男、孙惠芬、皮皮,到90年代以后开始登上文坛的徐坤、须兰、潘向黎、邵丽、北北、葛水平、叶弥、曹明霞,她们的写作自由多元,绚丽多彩。有的惊鸿一瞥,昙花一现,有的步伐稳健,在创作中不断寻求突破、超越自我。在师承各项潮流的写作中,不可否认，传统的现实主义创作走得最坚实、最长远。到了新世纪，也仍然是这部分作家如迟子建、徐坤、孙惠芬、叶弥、曹明霞等仍有新作频出，得到业界和读者的关注。

如果说20世纪80年代初那个冰消雪化的年代张洁的《爱，是不能忘记的》开了女性思想解放的先声的话，那么这一代人的爱的表达，就是从书写童话开始的。从北国边陲走出来的东北女作家迟子建，以《北极村童话》走上文坛，又以《额尔古纳河右岸》荣膺2008年第七届茅盾文学奖。温情主义一直是她写作的基调，对传统道德的恪守也成为她小说不变的母题。从早期的《树下》、《晨钟响彻黄昏》、《秧歌》、《逝川》的迷茫、忧郁，到《亲亲土豆》、《逆行精灵》里甜蜜的感伤；从失去爱人之后《越过云层的晴朗》、《世界上所有的夜晚》悲情之作，到新近《花虻子的春天》、《起舞》、《舞翩翩》、《解冻》的爱情喜庆色彩，迟子建以温情的抒情方式，诗意地讲述人间故事，"洪桐县里无好人"，迟子建笔下无坏人。她给我们描述了许多消失和正在消失的美好事物，男女之爱如同四季牧歌一般悠长美好和自然。温情主义与对传统价值的恪守，让她用理性为笔下的人物甚至是额尔古纳河右岸的游牧狩猎民族也布洒下儒家道德仁爱的光辉，尽管汉文化传统并不能够束缚于他们。然而正是这一点构成了迟子建写作的鲜明特性，也成了今天这个传统价值失守的年代人们充分喜爱她的作品的理由。

来自于北方辽南乡村的女作家孙惠芬，则紧紧贴着大地行走，20多年的写作生涯，让她目光敏锐而忧郁，姿态稳健而滞重，行文卑微而阴郁，对乡土中国传统多了深刻的审视和憎恶。从早期的《歇马山庄》长篇成长小说的对于逃离乡土的忧思，到获得鲁迅文学奖的小说《歇马山庄的两个女人》戳穿人性的嫉妒与贪婪，假意的姐妹情谊背后布满置人于死地的逸言、密告和诬陷；从《天窗》里农村妇女的忧闷泄愤，那种快意恩仇、杀人不眨眼，到2008年《致无尽关系》里对乡土亲情的爱恨交织、苦闷与挣扎，无奈与不堪，受虐与自虐……孙惠芬的底层写作，道尽现代性给乡土中国社会带来的种种变化和矛盾。乡土和家园，再不是以往男作家们笔下一曲曲虚妄的田园牧歌，它不能够提供温情，反而成为一种钳制子孙们向现代化行进的力量。诸多从农村水深火热生活中逃离到城市的游子，都从孙惠芬笔下古老乡土中国宗族宗法社会"无尽的关系中"照见了无奈的自己！对乡土中国传统的审视和反思，构成了孙惠芬作品最沉痛的力量。

　　对传统的颠覆与重建，同样是来自于北方的女作家徐坤写作的母题。其漫长的在京求学和社科院研究所工作的经历，注定了其描写对象是关注都市知识分子和女性白领群体。早期知识分子小说《白话》、《热狗》、《先锋》、《鸟粪》，以颠覆和解构性的写作，描绘了精英阶层的人性缺漏，谑浪笑傲，

书画阅读作品 雪梅

充满后现代色彩,被作家王蒙诙谐喻为"后的以后是小说"。后期描写男女爱情的小说《厨房》、《狗日的足球》、《午夜广场最后的探戈》,在狭小空间里展开男女战争,颇像小剧场戏,细腻的心理描写、夸张的肢体语言,将都市多情男女的乖张和纠缠铺张到极致。长篇《春天的二十二个夜晚》、《爱你两周半》,则是这个飞速变化时代的爱情数字化纪录,充满了痴男怨女在传统与现代之间的挣扎、失落与凭吊。而像《野草根》中女性苦难与命运的书写,《八月狂想曲》中有关青春中国的宏大国家民族叙事,让她的精神指向又复归传统,将写作背景深入到历史和现实的纵深处,在大时代中思索和考量个体的命运和前途。

　　这是20世纪60年代出生的女作家的殊途同归。无论是不倦的现实主义书写,还是诸如20世纪90年代北京女作家陈染的女性"私人生活"叙事,上海女作家须兰的历史故事新编、潘向黎"白水青菜"系列的女权觉醒,山西女作家葛水平"喊山"系列的乡土传承,河北女作家曹明霞"士别三日"系列对男权的愤懑和审判,无论是身处乡村还是城市,这一代女人的书写,却如北宋欧阳修所言:"醉翁之意不在酒,在乎山水之间也。"她们恪守着传统,也希望砸碎桎梏;她们奋力进行解构,也在积极进行建构。她们笔底的爱情,也不再单纯是男女两情相悦、简单的"半边天"式男女平等,而是跟女性主体意识的充分张扬、跟性/政治权利的争取密切相关。这是她们比前辈女作家们站得更高、走得更远的地方。

《堂·吉诃德》与《莎乐美》
——女性文学中的"抹脖子"事件

女性文学是个宽泛的题目和概念,在讨论之前,我想说说给我留下深刻印象的两部有关西班牙的舞剧。

一个是1998年,我在北京北展剧场看的俄罗斯芭蕾舞团演的《堂·吉诃德》,另一部是2004年,我在北京保利剧院看的西班牙弗拉门戈舞著名舞蹈家阿依达·戈麦斯演的《莎乐美》。

两部剧的内容众所周知,都改自于名著。前者来自于塞万提斯的小说,后者故事源自《圣经》,改编自王尔德的诗剧《莎乐美》。

有意思的是,俄罗斯人在改编和上演西班牙人的戏,而西班牙人却在改编和上演爱尔兰人的剧。

关于《堂·吉诃德》，在我们的大学教科书里，总被告知，塞万提斯的这部作品要讽刺当时西班牙社会的骑士风尚。梦幻游侠堂·吉诃德就不幸成了被嘲讽的对象。瘦马，长矛，风车，铜盆，桑丘潘沙、杜西尼亚……都成了褒义词。不知怎的，当我第一次阅读小说时，却没觉得堂·吉诃德有那么好笑，而是很同情他，觉得他是个有点让人想落泪的形象。他很傻，却很执著，坚强，有理想，百折不挠，为了心目中的爱人，不惜盲目冲撞追求到底。丑陋的村姑杜西尼亚，就是他心中的女神。

俄罗斯人的芭蕾舞很好地体现了这一点。那个踮着脚尖、连续做着大跳的汉子堂·吉诃德，还有那个开绷直立、光彩照人、可以连续做32圈大旋转的美丽杜西尼亚，都十分迷人！

弗拉门戈舞里的莎乐美，美丽泼辣。她向先知约翰求爱不

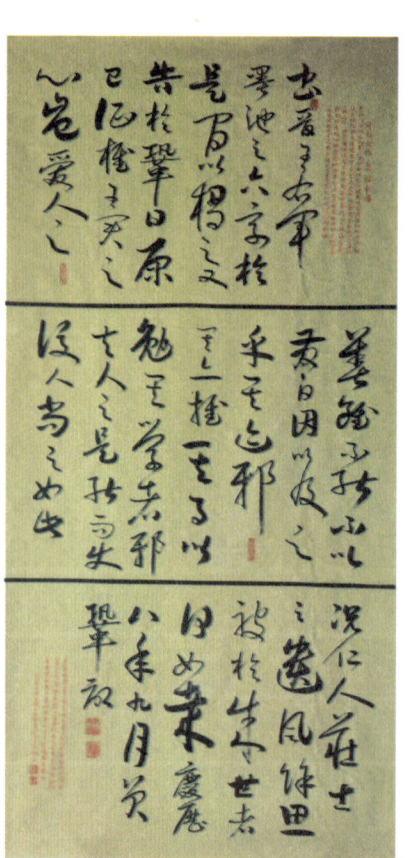

书画阅读作品　二等奖　向　琼

成，恼羞成怒，转而让父王砍下约翰的人头，然后在血泊里亲吻尸体冰冷的嘴唇。当舞蹈家阿依达·戈麦斯在急遽的鼓点中大幅度耸腰、摆胯、扭臀、脚底快速地踢踏，跳起著名的"七重纱"脱衣舞，一层层脱去身上薄如蝉翼的7件纱衣时，舞台的气氛达到高潮。一个狂傲不羁的复仇女神形象跃然台上。

两部剧，都是由传统名著改编的，可以叫做"男性文学"吧！告诉给我们古老的男权话语统治下的文学传统：爱与死，是文学的永恒主题。

这两样主题，在中国的古典文学里也同样有之。

中国古代最早的诗歌总集《诗经》里就有很多诗篇描写像堂·吉诃德那样冒傻气的爱情，"关关雎鸠，在河之洲，窈窕淑女，君子好逑。求之不得，寤寐思服。"见了姑娘就想追，追不到手就睡不着觉。

而像莎乐美那样因求爱不成而抹男人脖子事件，在中国古代也有。商朝国君商纣王的妃子妲己，看上了下属诸侯国的英俊王子伯邑考，但是王子没有看上她，不接受她的爱。妲己恼羞成怒，大骂："这等匹夫！轻人如此。本欲将心托明月，谁知明月照沟渠！管教他粉身碎骨方消恨。"于是命人把王子杀了，做成人肉饼，还送给关在监狱里的王子的老父亲周文王来吃。这就是历史上有名的"文王拘禁而演《周易》"的故事。

由此证明，不管相隔多远，地球上人类的爱，都是相通的，求爱和报复的模式，也都十分相近。

要说明的是，以上这些记载，都是由男权社会的男性文化权威完成的。千百年来，是男人们规定了文学主题和写作的模式。

而我们的女性文学呢？女性文学正是从这里脱胎而来，并且力图超越这个爱与死主题的限制，走向更宏远的文化旨归。女性文学虽然是在上世纪五六十年代起源于西方，伴随着黑人民权运动而生，说的还是爱与死的母题，但男女双方的主体位置已经有了改变，女性更占主动权。

西方的女权主义在20世纪90年代传到中国后，得到了东方式的集成和发扬光大。中国女性作家作品中洋溢的爱与死的主题，不再是简单的男女两性之间个人的恩恩怨怨，而是直指对意识形态的反抗、对媚俗世相与伪善的抵制和批判。

比方说，70多岁的著名女作家张洁，曾经两次获得最高文学奖茅盾文学奖，在20世纪80年代初写过小说《爱情是不能忘记的》，几乎是女版的《堂·吉诃德》，女性为了心爱的男人，默默地无原则地付出。晚年的三卷本长篇小说《无字》，则把曾经爱过的那些男人们的伪善和庸俗，批得体无完肤，用笔杀人，根本不见血，刀刀剁在七寸上。

作协主席铁凝在30岁时写了才华横溢的长篇《玫瑰门》，书的名字本身就是隐喻，比喻女性的生殖产道，也是隐喻女人的逃离和再生之路。小说写了三代女人的命运，揭露了中国十年动乱期间文化禁锢的罪恶。小说最后也是以探讨杀人结尾，女主人公在给老鼠下耗子药时犹豫不定，有专门药死男耗子的"鼠得乐"，还有专门药死女耗子的"乐得鼠"，最后女主人公选择了先药死母耗子，以让老鼠绝根儿。暗示着要把世间丑陋的人和事从生殖的源头上都消灭光。

另外一个出生于20世纪80年代的作家徐小斌，中篇小说《双鱼星座》获得第一届专家评选的鲁迅文学奖。小说最后也要杀人，这回下的不是耗子药，而是往钢笔水里注入毒药、用冰箱里冻硬的火腿以及尖利的水果刀当凶器，杀死压迫欺诈女主人公的老板、外强中干性冷淡的丈夫和懦弱负心的情人。只不过杀人是在幻觉里实施的，并没敢真动手。表现了女性的愤懑和现实当中的无出路。

真正在小说里实施了杀人的是出生于1957年的湖北武汉女作家池莉。

她的中篇小说《云破处》，是个杀夫的故事。女主人公的丈夫小时候出于对城里人的嫉妒，往兵工厂的菜里撒了河豚鱼的剧毒，药死了包括女主人公父母在内的9个人。女主人公后来偶然得知真相后，几次暗示已经成为自己丈夫的这个男人前去自首赎罪，丈夫却无动于衷，无丝毫忏悔之心，继续道貌岸然冠冕堂皇地做官。妻子于是代表良知和正义，自己动手用刀子干掉了丈夫。

当代女性作家扬出如此杀人之声，已经不仅仅是简单出于堂·吉诃德式的爱，也不仅仅是莎乐美或妲己似的求爱不成就报复的抹脖子现象，而是更廓大久远，直戳以男权性别支配为基点的文化权力的弊端，触摸到广泛的人类形而上的思维形态。她们已经在爱的基础上走出更远。她们号召人们去爱，勇敢而坚定地爱，在没有梦的地方造梦，在没有理想的地方种植理想。从这一点上说，她们胜过堂·吉诃德，也远远胜过莎乐美。

革命历史题材创作中的女性主义美学原则

革命历史题材文艺创作作为当代文学史的重要组成部分，几十年来一直成为鼓舞人民激励读者的力量。作品中所表现出来的革命英雄主义精神，铁血丹心的爱国力量，捍卫民族利益的坚强不屈的斗志，成为中华民族宝贵的精神财富，并在现实中不断得到继承和发扬光大。从新中国成立后17年创作出的红色经典"三红一创、青山保林"（《红日》、《红岩》、《红旗谱》、《创业史》、《青春之歌》、《山乡巨变》、《保卫延安》、《林海雪原》），到近期以来脍炙人口的革命历史题材作品《历史的天空》、《亮剑》、《我是太阳》、《集结号》，广大作家在不断拓展题材领域，将战争思考的主题向人性纵深处挖掘，创作出深受观众喜爱的"中国农民式的巴顿将军"姜大牙、李云龙、关山林等"草莽英雄"形象,丰富了战争英雄人物的历史长廊。同时还有《集结号》中谷子地那样孜孜以求的英雄人物,作品力图在战争的残酷性与人性的诉求之间做一个完美的平衡和阐释。

同时我们也欣喜地看到,新时期以来一批富有才情的女作家也于深思熟虑之中厚积薄发,创作出了有分量的革命历史题材作品:姜安的《走出硝烟的女神》、裘山山的《我在天堂等你》、项小米的《英雄无语》、马晓丽的《楚河汉界》、铁凝的《笨花》、贺捷生《索玛花开的时候》"红色大散文"系列等等。她们的作品,影响深远,与男性作家的创作相互应和,共同形成了革命历史题材创作的繁荣局面。

回顾百多年的中国现当代文学史,在有关"国族"的宏大叙事中,从来没有缺少过女性作家的身影。新中国成立后,一批女性作家首当其冲介入到革命历史

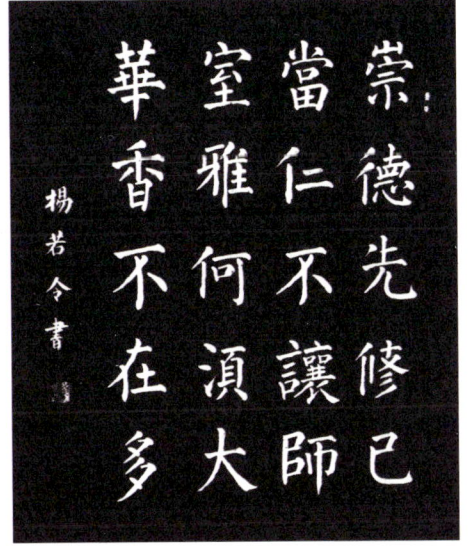

书画阅读作品 优秀奖 杨若令

题材的创作当中，并取得骄人成绩。除了位列红色经典"青山保林"系列中的杨沫的《青春之歌》外，意义深远的还有茹志鹃的《百合花》，宗璞的《红豆》，刘真的《英雄的乐章》、《长长的流水》，菡子的《万妞》等等。在革命历史题材文艺创作这一历史与现实的制高点上，女作家们共同采取迂回策略，不像男性作家那样腥风血雨正面强攻，而是从人情、人性与爱的意义上获得最终抵达。

革命历史题材的创作，有其经典性、历史性和现实性的要求。在其题材规定性上，描写对象是重大革命历史事件，在其描写内容上，必须是英雄人物的成长故事。革命暴力美学、完美的英雄、完胜的故事，是其必不可少的三个要件。然而，似乎天性使然，女性作家在创作中却很少涉及这些要件，她们都是从很小的角度切入，最后却达到很高的境界，打造出清新婉丽的一片洞天。仅以文学史上经典的《青春之歌》和《百合花》为例，《青春之歌》作为第一部反映知识分子在革命队伍里改造锻炼成长的小说，以"爱"为中心来结构文章的框架、刻画人物的内心世界，

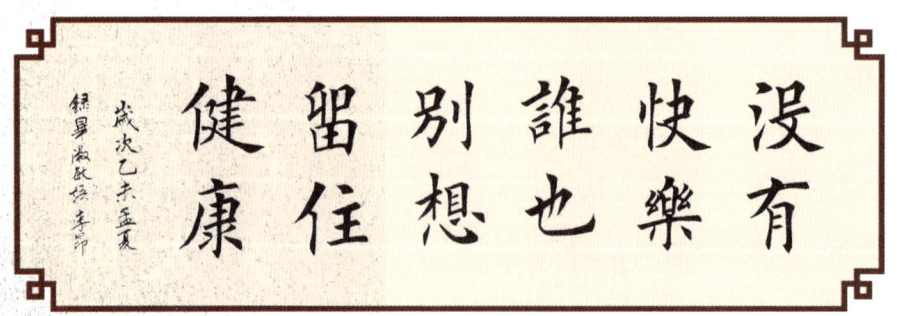

书画阅读作品 三等奖 李昂

以"情"来打动人心。出身地主家庭的女子林道静，在优秀的革命者的引领下，通过艰难的自我改造，经由种种艰苦曲折的跋涉和斗争考验而最终走上革命道路，成为一名坚强的革命战士。余永泽、卢嘉川等一个个鲜活的共产党员形象，皆通过女性之眼将他们优秀的品格完满展示。茹志鹃的《百合花》则更是革命历史题材写作中的异数，从人性的深度上来把握战争，描绘了残酷战争中的温婉深情，以"非爱情"的"爱情"形式刻画庄严的军民鱼水情。这样一篇意境优美的小说，寥寥7000字，如诗如画，活灵活现出战争年代人们之间，军队和老百姓之间简单透明纯洁无瑕的关系。小说的两个主人公：过门才三天的新媳妇和参军才一年的19岁小通讯兵，通过"借被子"这一件小事产生关联，以那条"枣红底上洒满百合花的假洋缎被面"作为贯穿全文的线索，以纯洁的百合花象征人物的美好心灵。这样的书写令人耳目一新。与同一时期男性作家们的浩大的革命历史题材作品相比，女性作家们以她们清润通透的艺术表现力和饱满真挚的才情，以青春与爱的吟唱、百合红豆似的英姿，表述了人性的善良，剔除了暴力和血腥，给后人留下了艰难岁月中的不朽篇章。

  当历史进入新时期后，新一代的女作家有了更丰富的学养、更扎实的艺术表现力，在对革命历史题材的把握和建设方面有了深度的理解。姜安的《走出硝烟的女神》对于战争时期女革命英雄为国牺牲情怀的歌颂赞美，裘山山的《我在天堂等你》援藏军人献身事迹的感人、项小米的《英雄无语》对战争英雄的赞颂与对英雄人格缺陷的凌厉追问，马晓丽《楚河汉界》体现的在崇高与世俗中对峙的军人灵魂，铁凝《笨花》中革命历史叙事的民俗化效果与英雄道德理想境界的褒奖，老一代女作家贺捷生《索玛花开的时候》"红色大散文"的温情吟唱，都把革命历史题材创作推到很高的境界。她们塑造的英雄形象，从另一个角度构成了对那些"草莽英雄"姜大牙（《历史的天空》）、谷子地（《集结号》）、李云龙（《亮剑》）、关山林（《我是太阳》）等等的有效补充。她们对历史与人性的追问有时比男作家更痛彻，凌厉处刀光剑影鞭辟入里，如项小米和马晓丽。她们对于战争中人物命运的悲悯往往比男作家更椎心泣血哑然失声，如裘山山和姜安。她们对于阔大的历史场景的把握运笔自如温润饱满诗意盎然，如铁凝、贺捷生。有了如此骄人的业绩，未来在如何充分运用开掘革命历史题材这个宝贵的精神资源、重塑民族性格、树立民族信仰方面，女作家的写作令人充满想象和期待。

第三章
女人无穷动

女人无穷动，男人动不动
叛逆的骚扰
《20 30 40》
女人何苦为难女人
恨比爱更长久
　　——也说张洁的《无字》

女人无穷动,男人动不动

应该说,洪晃和宁瀛、刘索拉们拍的《无穷动》是一部小众电影,借用"无穷动"这个音乐术语,喻示影片从拍摄基调到人物情感大幅跳跃的风格。电影带有很大的先锋实验性质,更适合在地下、在少数艺术精英与先锋、尤其是女艺术家团体中流传,让她们在欣赏把玩之余,偶尔与片中女主产生一点惺惺相惜。

没想到,经过大规模的商业包装和宣传,诸如"陈凯歌前妻讲述如烟往事"、"中国版《绝望主妇》"、"谁动了我的老公"等等,这部电影竟大张旗鼓登堂入室,杀入商业影院一线放映厅,并取得不错的票房业绩。除了证明制片方的与时俱进、聪颖识时务外,客观上,电影《无穷动》也带来了女性主义"反美学"的胜利。

说她"反美学",必定有一个先验性前提,那就是:一个既定的美学标准先她而存在。说到这儿,让我想起一段往事。20年前,我的一个中文系研究生师兄,通过艰苦卓绝的努力和求职面试,毕业分配至京城某电影厂文学部。没几日,他就蓄着一脸行业流行的毛烘烘导演络腮胡子,手举酒杯向我们这些俗人师弟师妹传授道:电影!电影最重要的是什么你们知道吗?是美学!是美!电影首要一点:女主角必须是美的!要绝对漂亮!

这话有什么对,或者有什么不对吗?按照我们当时的认识水准,根本无从分辨。我们只当是师兄是受了刺激,电影厂里整天眼前美女如云,却又只能看不能摸,他的火辣辣青壮年身心可能一时有点儿经受不起。

回去试想想他的话,果真是没有说错,所有的电影中,女主角肯定是漂亮无疑,其长相一定要在众裙钗之上;男主角呢,则丑也行陋也行,甭管长得什么样,一点不耽误他们做英雄好汉或痞子懦夫。我们从来也没想到去发问,在这样的美与丑、"看"与"被看"的规矩里头,究竟有几番合理性?而且这规矩一开始是谁给定下的?

毋庸置疑,一切社会的道德、法律、宗教、哲学,包括美学的标准的设定,均出于统治阶级之手。而这个"统治阶级",按照女权主义观点,就是千百年来一直统辖这个世界的那个叫"菲勒斯"的男权阶级。先前,在"她们"尚未掌握文化权利之前,男人们开议会,修宪法,规定文明社会的一切准则。女人其时是被统治者,正被压在身子底下,正经事大事一律无权介入,更无从言说。她们只有俯首帖耳乖乖服从的命。命中八寸,她岂敢去求一尺?

然而,这世界总在变,规则也处于不断地修订中。尤其这百多年来妇女解放运动风起云涌之后,历史的准则被改写得最厉害。"命"

那玩意，不中用了。更有甚者，如今的宁瀛、洪晃、刘索拉等几个海归女人，以及一名前女外交家，几个现实世界里响当当的女人物，攒起一部《无穷动》小电影，在纪实与虚构之间，不服不忿，以身试法，向规矩挑战。难得她们有这个权利，权利从来不靠赐予，而靠自身争取。她们有这个资本。成功已到这个份上，她们不想再做被统治阶级。于是有了这出"谁动了我老公"的夺权游戏。一个狭小的空间，几个神神叨叨的女人，聚会变成庭审，最终没有宣判，每个人的辩护词都成了阐释自我生命情感的过程。一个个嬉皮或雅皮的外表下，也都包裹着创痛，说到伤心处，竟也能让听者动容。

导演宁瀛的这种处理方式，类似于20世纪60年代西方女权主义初期，一种有目的有组织的"女性学习小组"模式。妇女们通过讲述自己的故事，泄愤、控诉遭遇男权

书画阅读作品　二等奖　晏　燕

迫害的不满，其状更像一个心理互动诊所。就在几年前，笔者也曾看到过一部女权纪实片，香港女导演的小电影，真实采访一些处于人生边缘的女人，有妓女、二奶等等。奇怪的是她们当中没有一个人自我轻贱或对生活抱怨，似乎都处于自足的快乐之中。尤其一个漂亮二奶，悠哉悠哉，语词锋利："干吗要抢他家庭做老婆啦？这样子很好啦！男人有钱给我花，哄我，乖我，跟老婆一起干的时候还想着我。很不错啦！"其快乐，发自真心，简直无耻快乐得令人发指，也与我们传统的伦理道德判断大相径庭。

《无穷动》里却是一些处于社会主流的精英女人：时装杂志出版商，时装模特，房地产经销商、才貌双全的艺术家。若说，像这么一群有如资本主义上流社会沙龙里的太太名媛，似乎应知足而常乐。然而，她们正是因为不快乐而聚到一起，最终结果还是不快乐。中年女人松弛的皮肤、粗大的毛孔、丑陋的皱纹、吃相的不雅在镜头面前被一一夸张、变形、放大；妇女们语言的泼辣、怨毒、粗俗（当然，那已经不是草根式的粗野，而是受过训之后的刻意），充满反讽和自嘲，声声绝难入耳。这种有悖传统淑女和贤妇风范的反美学手段，充满叛逆精神，颠覆了男权视阈下关于"美"及其美学的一整套定义，造成视觉上巨大的刺激，让传统观众看得胆战心惊头皮发麻。

看这部片子时，我还在想，假如换个性别，镜头里这几位倘若是中年男人，那么无论他们长相如何丑陋，言辞多么粗野，观众都会习以为常，不会如现在这般看着不得劲、别扭、不适应。看来男与女、丑与美的标准，已经根深蒂固、约定俗成地埋伏在我们心里。问题是，这"看"与"被看"，这所谓的"约定俗成"里边，究竟谁是始作俑者？这些身体修辞学的符号一直以来被谁专断把持着？

女人一定要好看吗？什么叫好看？又是给谁看的？为什么她总是要

被看？为什么就不能换个看法，制定新的游戏规则，换成男主角要绝对漂亮、好看、养眼，女人却可以相貌平平甚至其貌不扬一点？

"看"与"被看"，谁掌握了权力，谁是主动方，谁就说了算。如今女性们做了当权者，总是好的，至少，自己舒坦，也让别的女人扬眉吐气。下一步，就是想法让看客也跟着舒坦。惟其如此，宁瀛、洪晃、刘索拉们的使命，才算最终完成了。就像百多年前，求取男女平等的秋瑾、丁玲、萧红们女先驱一般，革命总要付出代价，须舍得一身剐，迎接扑面而来的攻讦、诋毁、挑战，才能最后获得成功。《无穷动》展示的仅仅是革命的过程，而不是结果。其结果，应该是一套有效的新的美学原则和伦理规范的诞生。

叛逆的骚扰

美国新近有一部电影叫《叛逆的骚扰》，讲述的是公司里人际关系中的尔虞吾诈的老套故事。有意思之处在于，它采用了女权主义的视角来重新处理这类故事题材。主宰公司事务的老板不再是下巴剃得乌青溜光的1.82米以上的高个儿男人，遭受性骚扰的也不再是穿超短呢裙和细高跟鞋的白领小秘。故事换成了精明强干的女老板主动去骚扰她的男雇员，男雇员不甘心被利用、被当成人际关系中的筹码的命运，所以他要叛逆，要反抗。这一出"姬别霸王"的演义正与我们所谙熟的那种古老的男女关系的故事模式恰好相反。

长期以来，我们早已听惯了"霸王别姬"一类的英雄故事。按照这个男权社会给男人和女人的各自定位方法，男人永远是"霸王"，居于这个社会的支配地位，是一切事物前进的推动和主宰力量，女人则永远是"姬"，只是处于附庸的、从属的位置上，从不曾对社会有任何的发言权利，只能被男人所掀起的历史潮流裹挟着被动地往前走。英雄必须有美人相环绕，帝王必得有三宫六院七十二妃嫔给簇拥，这是早已被人们所认定、接受了的社会场景。从来只闻帝王笑，哪里听得美人哭？只闻霸王言别姬，姬女谁敢轻别离？《霸王别姬》这出戏一唱再唱，从古代唱到今天，直至20世纪末了它仍旧余音袅袅，绕梁三日而不衰。足以让那些虽早已称不起"霸王"，但却一直心怀此梦想的男人们从中获得了极大的心理快感和满足。

而女性自身的心理情状又是如何呢？女性自打一出生的时候开始就要接受这个社会男权标准的评判与审视，甚至在更早的时候，在她们的母亲、祖母以至祖母的祖母那一代，这种评判与接受就已经开始了。男性掌握着这个社会哲学、宗教、道德、法律及其一切社会律令的定义和阐释权，何谓男性与何谓女性，全都由他们来全权注释和标明。在此情形下，女性连怎样看待自己的权利都丧失了，她们只是处于"被看"、"被窥"的地位，要想知道自己这"女人"究竟是什么，就必须借助于男性的教化辞典才能认知。女性从来没有用自己的眼睛来观察过自己（实际上她也不知怎样来正确看待自己，心里从来就无一定之规），她们总是透过男性的目光来对自己进行反观和体认。若这男性的眼神还算正常，她就已经被不知不觉当中被看低了一层，倘若这男性不幸长着白内障或玻璃花眼，那么女人在他眼里将给变形扭曲到什么程度，其结果将是可想而知。这种"被看"与"被窥"的结果，同时也养成了女性"展示"自己的心态，不是向同性，而是只向掌握着这个社会权力的男性展示或裸露自己。所谓"女为悦己者容"是也。没有哪个女性敢说是为自己而"容",为提高自己的自信而"容",为了自己的内心愉悦而"容"。那个"悦己者"天经地义地要是"他",是"君",是男性。从古代的那些个"妾身"、"奴家"的闺怨诗("君是阳光妾是柳","奴盼阳光照柳身"之类),到近代现代的种种脱衣舞、人妖表演,这一切无不是为了取悦于男性而办的。女人在欣赏这类表演时,除了感到浑身不舒服,感到几分齿冷和胆寒,大概不会唤起多少自信和美感。这种文化社会现象的形成,与男权对女性思想的控制以及对女人人身自由的钳制有着最为直接密切的关系。

男权社会对于女性存在的贬抑,还通过他们故意忽略女性文化价值来表现出来。女性对这个社会发展所付出的巨大辛劳,诸如生殖、养育等等的辛苦劳作,从来就不被男权社会所量化统计,也不被

书画阅读作品　优秀奖　龚美好

任何一部史书所给予记载。男性史书中所记载的有关女人的部分，却也只是一些贞节烈女的故事。《女儿经》、《女诫》等等要告诉妇女的也不过是如何守节的规矩。从父、从夫、从子，便构成了女人一生的生命三部曲。除了不断地"从属"之外，女人哪里还可以寻到她们自己、为她们自己做一回"主"呢？

现代化的妇女解放运动，给女性对自身的认识开辟了一个新的更广阔的天地。女权运动、女性主义等等一系列妇女运动的产生，日益将女性从男权视野钳制之下解放出来，教导女性用自己的声音说话，用自己的目光重新打量自己，重新给自己设定美的标准。她们将不再唯男人之命是从，不再唯男人之马首是瞻，不再仰男人的鼻息过活。随着妇女经济地位的改善，她们的政治地位也将不断发生变化，在整个社会生活领域中她们的发言所占的份额比重越来越大，成为再不容忽视的支撑起"半边天"的力量。（此"半边天"非指男人因体谅弱小而友情割让出的半边"羸弱之天"，而是实实在在的本属她们统御的整体的"天之一半"。）"霸王别姬"一类的古老观念将要受到深刻冲击，将会得到新的注解，"霸王"和"姬"在概念的外延和内涵上都将是同等意义的。在新型的男女平等的人际关系谱类里，"姬别霸王"和"霸王别姬"都变成了十分正常的现象，休夫与休妻对于一段不如意的婚姻关系的解体来说，并没有什么身份地位或感情色彩上的差别。妇女将参与到社会生活的各个领域，自由地表达她们真正的、发自内心的意愿和要求，对生活现象发表自己独到的见解，不再只作为男性话语的传声筒。只有在这个时候，女人才真正成其为"女人"，男人也才真正成其为"男人"。男与女，本来就是作为一种对象化关系，互为参照，互相映衬而存在的。当女人没有独立的人格，而只是男人的附属品时，这个社会的男人和女人的人格都是有缺陷的、不健全的。若

是我们这个社会整个都被男性一人的声音所覆盖,表述的只是男性一人的要求和话语,你还能说这个社会的生活是健康和正常的吗?

事实上,许多有识之士(男士)都十分赞同和支持妇女自身的解放运动。随着现代化进程的不断加快,人们所承受的社会压力、生存压力都相对加大。传统的所谓"男主外,女主内"模式已经适应不了生活的变速节奏对每一个家庭的要求。单靠一个男性家长独挡门面挑起一个家的想法已经显得非常过时和可笑了。男人们迫切需要家里的"另一半天"能把压力分担过去一些,诸如子女抚养、赡养老人、就业、分房、日常人际交往等等问题,急切需要同女人一道共同来协商处理。还有最重要的一点,奠定一个家何以成其为家的基石,是妻子们哪一点都不比丈夫薄的工薪收入。妇女经济地位的独立,成了两性关系平等的基础。女性的解放运动,也正是从这里起步的。社会的进步和发展,日益推动着妇女自身的解放,而妇女自身的进步和解放,何尝又不是在推动着社会的进步和发展?!

当然,也不可不正视在我们的经济迅速发展过程中出现的个别的两性关系的倒退现象。譬如说那种"傍家儿"、"养蜜"、"金丝雀"等等

书画阅读作品 三等奖 葛玉芳

丑陋现象的出现。但是，不要忘了，人们在给这些现象起这些奇怪的名字时，本身已带有非常轻蔑、嘲笑的态度。任何一个自尊、自强的女人，都不会以当"雀儿"为荣，更不会以此而作为人格独立的象征，敢拿去四处张扬和标榜；同样，任何一个有责任感、有道义的男性良民，也不会为自己的如此行为而太感得意，否则他何必要以"惧内"的形象出现，并把这些活动在背地里偷偷摸摸地进行呢？

  所以，人心还是自有它的衡量尺度的。每一个正直和正当的男人和女人都知道如何通过自身的不懈努力和奋斗而找到自己在这个世界的理想位置。生活正在不断地向前，谁是霸王谁是姬已经不显得重要了。重要的是，男女之间应该是平等互助，携手共进，双方联起手来，共同把我们所赖以生存的这个地球建设、改造得更美好。

《20 30 40》

张艾嘉拍了一部有关女人的片子《20 30 40》，很有意思。如果拍一个男人版，也会特别有趣。小女子的20岁是最无畏的岁月，横冲直撞，有青春的本钱做抵押，似乎可以随便走到哪里，大不了，来一个折返跑而已。30岁则面临青春晚期，焦虑惆怅，熟得几乎烂掉，却迟迟未曾进仓，不是觊觎着别人家花心老公，就是跟同龄看不上眼的男子蹉跎。梦醒之后，却拍拖邻居一个丧偶还拖油瓶的男子。40岁的花店老板娘，已然在犯着更年前期，有一些嚣张和乖戾，在情绪无常之间却也未曾颓废，在明媚阳光大道的晨跑中让人看到了她化蛹为蝶的美丽。

日光流年。当逼人的年龄灼烤放置到男人身上，结果是否一样？

时光向来是公平的。它雕刻在石头上与雕刻在水流上的力度从来都是均匀等速，然而产生的效果却相当不同。水与石，哪一种物质的着力感受更大、年轮触角的抚碰更敏锐执著？男人与女人，谁更抗得住时光的无情打磨？

　　刚刚见过一个男性朋友，从国外回来。大概也就几年的时间吧，对国内的日新月异已然失语。我们曾经在校园里见证过彼此青春，幸览他那时的明眸皓齿、羽衫纶巾，还有对时事不满的冲动叛逆、理想比天大的青春骄狂。而今，在鬓角白发和脸上皱纹的肌肉牵拉之间，隐约只见落魄的人生与褪色的青春。一晃工夫，国内打拼的同学朋友都成为成功人士，在国外文化的边缘靠一点酬金过活的人，只好下意识地无数遍念叨夸耀起自己在美国的一儿一女的聪明伶俐，似乎所有的生存努力，全靠闺女儿子将来会出人头地这一信念支撑。

　　世道残酷而又公平。人们用美丑衡量女人，用成功与失败称量男人。女人无论20、30、40，相貌姿色是老大一个资本。生为美女，平生就先会占尽大便宜。而生为美男，却不甚重要，无论20、30、40，男人有

书画阅读作品　优秀奖　谷宣彤

才方是一切。俗话说，世上无丑男，只有没能耐的倒霉蛋。男人不怕老，也不怕丑，怕的是平生一事无成。女人的焦虑，无非爱情、家庭、自己容颜衰老等等眼前一点小事；男人的焦虑，则是自己事业无成，恨自己不成器。成了小器的，又牢牢盯着眼前更大的一根诱人胡萝卜。

　　女人凭借性别的利器，进可以攻，退可以守。在性别整体呈现弱势状态下，她们稍微做一点努力，往前进一步，便出类拔萃，成为女强人、三八红旗手；即便是退，也不丢人，回到家中，自有"女人天生就应相夫教子"的足够自我安慰。而男人，进退取舍之间，几乎别无选择。都说"男人四十一枝花"，睁眼看来，完全不是那么回事。市面上摇曳生辉的，不是盘踞在城铁地铁出口、蹬小蹦蹦车的40左右脸蛋好看的骆驼祥子，却是频频遭遇面有异相、其貌不扬的成功人士。男人，进一步花开，退一步花落。他们是上帝造就的凡间一群最为可怜的生物。败了就是败了，怎样安慰也没用处。

女人何苦为难女人

台湾滚石旗下的四大女将即将来京献艺,其中歌手辛晓琪的一曲《女人何苦为难女人》又将在首都体育馆的圆形舞台上幽怨响起。这样一首曾经响彻港澳台、响遍祖国长城内外大江南北的"现代怨妇吟",曾被盛赞为唱出了广大受气(互相受彼此的气)妇女同志们的共同心声,辛晓琪也因此而得以被港澳和内陆的歌迷所熟知。

然而,在这种煽情主题的背后,却又隐藏着什么问题呢?被众歌迷所忽略的一个基本事实是:辛晓琪的"现代怨妇"版歌手定型,是由滚石著名男性音乐制作人李宗盛度身打造的。由此一来,就引出一个疑问:究竟是谁在辛辛苦苦高歌吟唱"女人为难女人"?是男人?还是女人?在我这

个没怎么被为难过的女人听来，那幽怨之声中分明在倾诉着男人的一份臆想，那暗地里的潜台词仿佛是说："你们女人怎么还不赶快为难女人？女人之间一旦互相掐起来，俺们男人，不就可以从中渔利，有了一份高高在上的好身价和俯览众女人小的好面子吗？"

现代女人，都是走出厨房，出门在外，辛辛苦苦在社会上做事谋生的。怎能设想，她们不去和监管她们的老板、资本家、工头、主任、局级调研员、正处长、副主编们斗，不到上司和主管部门那里去争权利讨利益，反而要回过身来，去为难自己身边的一些平日无怨素日无仇、同样是在艰辛打着一份工的女同事？！这样一种命题，在当今社会，它存在的合理依据是什么？

正如同法国女权主义者西蒙·波伏娃所说的那样，女人的性别意识不是与生俱来，而是后天被培养灌输的。女人的第二性特质，也是由主宰这个世界的男性权威所规定和命令的。不光是性别特点由男权来规定，这个世界上一切文化、道德、哲学、法律律令，也全都是由男权来决定和命名。女人跟女人之间的所谓同性相斥特点，当然也是后天得来，完全是由于男权的一贯挑拨和教唆。不然，我们怎么从来就没听说谁唱过"男人何苦为难男人"？怎么就没有谁宣扬过男人有同性相斥特点呢？相反，从古至今，我们总是听说男人之间有那么美好动听的缠绵情感：桃园结义，歃血为盟，义结金兰……实在好得出格时，还可以产生哥们弟兄之间的让妻换妻行为（那种宏大叙事中化干戈为玉帛的和亲行动，实际上仍是男人们之间"出让女人来换男性权威的稳定与和平"之阴谋表现形式）。

从古代帝王的妻妾成群模式，到现代婚恋故事中的三角恋爱传奇，我们看到，在所有文字记载当中的那些个悲悲戚戚、为争夺男人宠爱而打来打去的总是女人。那些苦命的女人，大老婆小老婆们互相撕掳，掐扯，不是谁把谁逼得挂房梁上吊，就是谁把谁迫害得投井自杀；而那些个被指责为"第三者"到别人家庭横插一足的女人，她们也总是要被那个男人的原配老婆先顺藤摸瓜，找到单位里去混搅臭骂，接下来的场面就是两个女人薅头发掐乳房打在一起，女人们的人格脸面和做人尊严荡然无存。再以后呢？要不就是那个"第三者"被打败，被逐出场，被整得下岗离职什么的还算是惩罚得轻的，重一点的就要被毁容、毁誉、一辈子都抬不起头来；而那个原配老婆闹来闹去，打跑了勾引丈夫的小妖精之后，道义上好像是胜利了，生活中却也只是留住了男人的身，留不住男人的心，漫长的被

歷史長河一揮間國門開放三十年天翻地覆國巨變人民歡樂盡笑顏嫦娥攬月上九天人出神舟科技先北京鳥巢迎八方和諧世界譜新篇

戊子年寒降 宋蘭萍 書於

书画阅读作品　三等奖　宋兰萍

男人冷落的性压抑生活尔后便缓缓开始……

  这就是以往故事中通常所讲述的男女情节，也是那些故事要告诉给我们的道德训诫。可是，我们暗中纳闷：故事中，那些若起祸端的男人呢？他们的下场又是怎样呢？我们无从知道。我们只看到，此时他们正隐藏在故事的背后，洋洋得意，或不以为意。作为一种道德背景，男人的面孔显得既端庄又模糊。

  这究竟是一个什么逻辑？在赵忠祥或者是王刚主持的动物世界节目里，谁看见过有雌性为争夺雄性而打起来的？生物界里一个最基本的生存规则，就是雄性要积极挺身而出，笑傲江湖，打遍天下，从雌性那里争得交配权和繁衍权。现在好了，猴子一旦进化成为人以后，就故意把道理全弄反了。类人猿的后代们，他们要求母的要为公的而打架，女的要为男的而打架。这是一个多么反动的逻辑！人是多么的反动！男人是多么的反动！多么反动物的动、反生物界的动！它是违背生物本性的，因而显得不真实，没道理。但是因为这世界上的真理全是统治阶级的真理，在"男阶级"和"女阶级"这两大既对立又相互对象化的阶级关系中，女性阶级没有在文化上说话发言的权利，所以，作为统治阶级的男人们说：一个茶壶要配八个碗儿，一个皇上要配三千个小老婆。女人这个被统治阶级，就得乖乖听命，乖乖地捧着茶碗儿当小妾，连一点对自己命运的主动权都没有。

  因为东方民族普遍是食草动物，男人身体都比较孱弱，面对世界有强烈的不安全感，所以他们就靠欺负比他更弱小的生物，比方说揍孩子和打老婆，来获得心理上的自信和臂力强劲的证明。作为弱势群体的女人之间相互撕扯起来，男人便会从中获得强者的心理满足。他们会一边假装给女人调停、拉架，装大好人，一边还在心里不屑地说：你们女人啊，天生就是小肚鸡肠，干不成大事。你看，像俺们这些哥们弟兄，整天想的是忧国忧民的大事！真是没工夫跟你们瞎扯。同时，他们还利用女人被挑拨得打起来的机会，一边把这个女人收编入伙，一边又把那个女人踢出圈外。女人被他们给搞得稀里糊涂的。而在食肉民族那里，可能动物本能遗留得多一点，很少看到雌性之间的纷争龃龉，经常是雄性之间互相修理的机会多。他们经常是为争夺女人，或者是为争夺食物和地盘而修理来修理去。比方说俄罗斯男人的决斗传统，再比方说，我们阅读过的西方爱情故事，如《茶花女》、《基督山伯爵》、《安娜·卡列尼娜》、《廊桥遗梦》等等，故事的主角通常是一个女的外带两个男的，男人为女人而奋勇争斗。

及至后来，当国人接受了先进的文明教育并接受了西方的某些影响后，我们才有幸读到了中国现代文学史上，那段诗人与哲学家与建

书画阅读作品　三等奖　刘万珍

筑家的爱情佳话。但是那种优柔的爱情传奇太少太少了，更多遗留下来的，是市井的恶泼习俗，是婆媳斗，妯娌争，小姑恶，大婆二奶你死我活……

这就是一份深重的封建制度留给我们——所有中国女性的"精神传统"呵！"女人何苦为难女人"说的就是那些往事，那些旧时代链在女人身上的沉重桎梏和枷锁。而在今天，女人获得精神解放、走出家门以后的今天，可就实在没必要将那老调翻唱，因为，已经没有或很少见到那种女人互相为难的现象了。女人就是想互相为难也为难不着，也为难不上。女人再不用依赖在男人身上过活，每个人都有自己的一份活计，过去"挂靠在男人脖子上为生"的那份天然的不安全感不再存在，女人的对手和竞争对象也不再单纯是由女人构成。能彼此构成"为难"关系的，经常是这样一些群体：同行、同类、同族、同乡、同龄人等等，性别不再单独构成互相仇视或彼此为难的因子。大凡生意场上、学术场上、情场上、战场上、舞场上，或者是影坛、文坛、艺坛、球坛……凡有竞争的地方，就有"为难"关系存在，谁为难起谁来都不留情面，谁想干掉谁都毫不客气。无论男人对男人，男人对女人，女人对男人，女人对女人等等，只要是对手，见面就眼红。哪里还是什么女人见女人就手抖，或女人见女人就手黑啊！

出门在外谋职工作的女人，不会平白无故受女人的气，有时反倒容易借上女人的福。我原来所在的一个部属高校，女校长上台以后，规定学校分房时女教师也可以排队有份，当时激动得我们全校的青年女教师呵，一时间全都互相奔走相告，还就差一点热泪盈眶！但好景不长，女校长补足了四室一厅的居住面积后，升迁到了部里工作，换了一个原来的男副校长上台。学校的分房规则立即变了，返回到以男方为主，女教师没有排队资格（男校长理所当然地借此规定补足了自己的住房面积）。世上的事，气人不气人呢？什么男啊女啊都不重要了，重要的是权力，看谁掌权。谁掌权，就对谁的利益集团有益。要不，女人们怎么会成天价高喊搞女权运动？在这个以权力话平等的世界里，女人没权，能行吗？没权，还能跟男人奢谈什么平等？

  如果你的办公室里有一个好老太太，或是一个好大姐，那可真是你的福分。你能从她身上学到许多：有教养，自信，宽容，善意，体贴，会与人周旋。那是一份"过来人"的明澈和潇洒，真是叫你一辈子受益。如果你再能有一两个可靠的女朋友，那也是福分，做点什么坏事儿都可以替你遮掩，比如说逃学旷工什么的，就连上厕所都有个伴儿。至于说在情感问题上，现时代的女人没时间跟男人纠缠了。天地无限广阔辽远，好人多着呢，好玩的事情到处都有。若发现老公被别家女人领走，顶多说一声"用后请退还"，转头就打电话邀女友到酒吧喝酒玩去，心里边还止不住地窃喜：有人愿意业余替我照看老公，太好啦！自由啦！（临时）解放啦！若发现自己不期然成了哪家主妇的假想敌，也用不着解释，转身离得远远的。她又没有付你工钱陪她老公，义务打那个工干什么？都这么忙，都这么累，都有自己的一份事业和情感空间，谁还有时间和精力去为难谁？

恨比爱更长久
——也说张洁的《无字》

　　这是我早就想写，然而却一直延宕至今的题目。这个结论让我惊悚，我只怕它一说出口，就把"我们"——无数女人对现世爱情的期待给彻底泯灭了。这样一本用血和泪、疯狂与绝望共同交织构筑而成的《无字》天书，谁能破译得了？怎能想见，写出《无字》的张洁，就是20年前，那个满怀亲爱、泪眼迷蒙呼唤《爱，是不能忘记的》张洁？20年是一个什么概念？20年的风刀霜剑在一个灵性充溢、智性高韬的女人身上刻下数道年轮后，便会使她修成如此正果吗？

　　无字天书。无字我心。《无字》其实哪堪破译？！它只如一把无形的利剑，将人世间善男信女对待情事的一点点虚幻，尖锐地挑破了。很凉。

也很伤感。作为叙事主角的女主人公吴为,在追忆自己与丈夫胡秉宸及其前妻白帆的关系时,时时回顾追溯母亲叶莲子与父亲顾秋水、外祖母墨荷与外祖父叶志清的一世情缘。三代女人的爱情遭际,一个世纪的离乱沧桑,压抑在传统、流俗、战争与革命情境下的命运坎坷,都令我们扼腕叹息。我们优柔的同情之心被深深地触动了,如同在读《世界上最疼我的那个人去了》时一样,书中的结论,在我们心间形成一个大大的疑问:俗世之中,男女之爱,与母女之间的血缘之亲,究竟孰轻孰重?谁是我们最后的情感寄托和皈依?不敢想,不敢问。只是将浸透着血和泪的一本天书拿起来,又惊恐地放下,再拿起来,再放下,如是反复,不忍卒读。

从前我们在《爱,是不能忘记的》那里懂得了爱,深深的爱,由禁忌之中而一定要完成和坚守的爱;现在,我们却在《无字》天书里理解了恨,由无际的爱而化生出来的恨,它同样是柔肠百转,刻骨铭心。若说在世袭传统压迫之下,祖母墨荷与母亲叶莲子那代女人的爱情命运还仅仅是可怜;那么像吴为与胡秉宸建立在革命年代的、有着强大的以反叛为前提的自由自主之恋,到最后竟也脆弱得不堪一击,这已稍微显得有些不可理喻。通常而言,男人都是功利之中的俗物,被生存迫压得躲闪来躲闪去,在计算精确后,总要找一个最稳妥的巢穴供自己安放沉重的肉身之躯;而只有女人能够单纯为爱而疯狂,而歇斯底里。这其中有男权文化一贯统辖、迫害、教唆的原因,也有女人自身内分泌方面的毛病。为爱情而燃烧起来的女性躯体,靠自身力量根本无法控制和扑救。无论是书中那个白帆还是吴为,其实是犯了一样的女人通病,以局外人之眼观瞧,不知她们反复离婚结婚复婚,共同为着争夺一个老同志胡秉宸到身边来供养,究竟有什么意趣。其实她们都很优秀,都能凭自己的力量生活得很好,比那个老来怀才不遇的胡秉宸要活得更好。依今人观点论之,只要她们把目光稍稍从胡秉宸身上侧开去，越过一面巴掌山，看看，好男人在路上到处都有，何必为一个负心人而撕扯不休？

然而，不行。她们的青春年华，她们的血与肉，名誉与热忱，都与这个人浇铸在一起了，她们为他付出了太多，她们的青春热情都要被他吸空、淘干殆尽。他总是把自己和她们分别合成一个人，又总是把自己从她们之中的一个身上强力撕开去，撕碎了，撕成两半，再与另一个人拼接，又粘贴成新的一个人，从而重重地伤害另一个。仿佛他喜欢做这样的游戏，从中得到充分的成就感和快感满足。那便是过往年代给男人脑中遗下的妻妾成群的后遗症毒瘤。而女人，在一个思想和身躯业已解放了的时代，谁还堪自己的身体总被撕裂？谁堪自己总被左一次右一次撕扯得血肉淋漓？

由此，怎能不生恨？！撕皮挦肉，撕心裂肺的爱，全身心的奉献，毫无保留而付出的爱，全都化成了恨，痛心疾首的恨，无以复加的恨。她们的恨是一条蛇，嘶嘶作响，吐着疯狂的芯子，将愤怒的火焰喷向仇家。只要她们的仇家还活着，就构成了她们自己艰苦活下去的力量。这恨直到仇家死的那一日方可泯灭。但仍不能泯灭，因为他的死不足以将情债偿还，却反而将她们自身恨着他、擦着他的"活着"也一起葬送掉了。构成她们存活的精神支撑登时垮塌，她们也随之满怀失落、惆怅与怨愤的死去。大幕合拢。人世间的一幕情戏方才收场。

女人们啊！

……然而这恨，却总显得虚浮、显得不那么真切。因为她发现自己明明还是不能放弃，明明还是不舍。在邂逅往日情人时，她尽量装作冷漠，假意寒暄，假装视而不见。然而在擦肩而过的一刹那，她仍听见自己心里"怦"的一声，竟发现眼角不争气的湿了。这时候她才知道，她嘴里说了多少恨，可她心里蕴满了多少爱呵！她为这种爱而愤懑、羞惭，同时充满自艾自怜。

哀莫大于心死。心中还有恨，就值得庆幸，因为毕竟没有忘怀爱，没像电脑没被装置时那样的白痴傻瓜。假如有了爱，不懂得细细体会和珍惜，像那个白帆和胡秉宸，只把它当成阴谋和手腕，那也是白活得可怜。生而为女人，本身就是不幸，就是苦命。一道凄婉哀怨的母性血缘，便是"我们"共同的来路，天生无法选择；而几许未来明亮的去处，却是可以通过奋争而达到，就像那个果敢的第四代女人婵月一样，说走就走，想爱就爱，命运完全由自己主宰。谁也休想以爱情或其他的名义欺侮、蒙骗、令我疯狂自挂东南枝，我却可以运用六脉神剑大法，想把谁挂在树上，就把谁挂在树上。

爱不可怕，恨也不可怕，可怕的是冷漠。是见面假装不相识，是激情、热望、真心的泯灭，是一辈子都难以复苏的生命热忱。那些伟大的作品之所以流传于世、散发永久魅力的原因，正是在于恨。在于说不完道不尽、排遣不开宣泄不尽的恨，它将人带入无限形而上的迷思之中，促使我们早日将人类在世的生存疑惧破解。

而没有爱，哪来的恨？

正是爱，提供了一切恨所必需的先验性前提。

超度他罢。就像超度一朵谵妄的花。那样一种男人的水性杨花。

爱情本无所谓善与恶，只有自作自受，心甘情愿。

心、甘、情、愿！

第四章
三八节有感

三八节有感

回家，回家，听鸟唱歌，同驴说话

一间自己的屋子

抚摸的纯粹感觉

亮出你的肌肉块儿

缝纫机哪里去了

一唱三叹

三八节有感

年年"三八",年年有感。最著名的《三八节有感》,是丁玲于1942年的3月9日在延安《解放日报》所写的那篇文章。如今读来,文中澎湃的激情、蓄积的力量、飞扬的文采,仍然令人击节赞赏!"纤笔一枝谁与似,三千毛瑟精兵",毛泽东这个赞誉,丁玲确实担当得起。最为可叹之处,是女作家文中流露出的情绪化部分,丁玲从自身遭际和生命体验出发,对女性不平等的命运感同身受,因而说到当时延安女人在结婚离婚生育、被组织安排嫁给老干部时所面临的困境,忧愤直言,一吐为快。在发表这篇文章的前一个月,时年2月春节,38岁的丁玲刚与25岁的陈明完婚。这篇文章,给丁玲日后带来的命运坎坷和转折,文学史里已经记录在案。咱们暂且按下不表。

且说如今，半个多世纪过去，丁玲文中所忧思的男女不平等情形有什么改变吗？当然！情形早已大大的改观、大大的不一样了！女性的社会地位有了根本性的提升，丁玲谈到的女人婚姻自主个性解放的"娜拉式困境"，已得到解决。今天我们讨论的男女平等，问题也已升级，在更高的平台框架里探究女性的平等、发展与和平，女性的健康、教育和就业问题。

中国女性的解放程度，有目共睹。年轻女性享受到了五四以来她们的老祖母、母亲们奋斗争平等的成果，同时也用智慧把这个成果不断扩大。各个行当，只要有男人出现的地方，就有女人的身影，没有什么是女性不能干的。用个别男性不无嫉妒与调侃的话说：你们还要争平等？都平等成什么样了！瞧那一个个女强人、男人婆，厉害得都跟母夜叉和孙二娘似的！再平等，就没我们男人活着的地儿了！

问题到这儿就全部解决了吗？没有。男女平等问题跟任何其他社会问题一样，解决了旧的，还会出现新的，随着时代的发展，新的问题也会不断出现。比方说，女性学者提到的男女"隐性不平等"问题：女性总是在杂志封面上充当"被看"的角色；电视肥皂洗衣粉广告总是用女人当主角，仿佛当老妈子干家务活是天经地义的……再比如，商业社会对男女平等概念的篡用：如今的三八节，更像是商家和媒体合谋的赚钱日，商家促销打折掏空家庭主妇和女白领钱包，电视台搞女人煽情晚会，为的是插播广告、收取高额热线声讯通话费……

由此看出，每一个时代的妇女解放，都面临着与时代相关的问题；而每一个时代的问题，都比前一个时代往前跨进了一步。这是一个没有终点的过程，只有不断努力，遇到什么问题解决什么问题。

男女平等问题在理论层面上已经得到我们国家的高度重视，法律明文规定男女平等就跟计划生育一样是基本国策。而在实践层面上，许多方面还有待完善。比如，这次北京第十二次妇代会上提出的男女同龄退休问题，已经成了网上热议的话题。比较可气的是，《女性要不要跟男人一样六十岁退休》标题下，冷嘲热讽声一片。有网友说：大婶大妈行行好，让出工作岗位来给新毕业大学生吧！还有的说：让老女人早点退吧！应该让年轻女人多上岗，能够激活男性领导干部的工作积极性。

　　本来是一个严肃的提案，拿到网上讨论，就变成了恶搞，起哄架秧子。这些匿名调侃、恶搞，代表不了民意，很不正经，实际上也是不堪一击，经不起辩驳。女性比男性的提前退休，引发一系列不平等不合理问

书画阅读作品　优秀奖　熊雪梅

题。提前离岗这五年的损失就不说了，55岁退休的妇女，距离到65岁享受政府的各种免费老年待遇还有十年。而一个60岁退休的老头，没几年就可以拿着老年证，每天免费坐车免费出入全市各大公园，把天坛、地坛、颐和园都当成他家操场，整天耗在那里套圈撞树踢毽子玩儿；一个55岁就退下来的身强力壮老太太，因为坐不起车买不起门票就哪儿也不能去，她要想享受到这种免费待遇的话，则要等上漫长的十年。这到底是为什么呢？就因为老头儿身上长着前列腺，就比老太太显得更值钱更尊贵吗？

相信这个提案在不久的人大立法会上会予以通过。因为它合理，代表了广大女性公民的合法权益。政府在公共政策的制定上要充分贯彻基本国策，体现男女平等原则。对女性自身而言，也更要具备自强自立的平等意识。希拉里·克林顿竞选失败时的演讲说得好："作为一个女性参选人，大家觉得这很了不起。但如果有了我这第一次，以后人们认为女性参选不是什么了不起的事情。我觉得这才是我做的了不起的事情。"勇于去竞争，敢于去参与，才能获得平等。幸福与平等从来都不是毛毛雨，任何时候都不会自己从天上掉下来。这也是丁玲在半个多世纪前所说的，"世界上从没有无能的人，有资格去获取一切的。所以女人要取得平等，得首先强己。"自强与自立，才是女性真正获得平等的第一要义。

回家，回家，听鸟唱歌，同驴说话

某一年的两会期间，有人提出应当鼓励已婚女职工，特别是收入不高的女职工主动退下来，回家相夫教子，操持家政。一时间，舆论大哗，惹起了绝大多数女性尤其是白领职业妇女的愤怒和抗议。报纸电台电视台竞相就这个问题进行讨论，电视台开口秀节目里还分成正方、反方论辩，看似剑拔弩张，其实是在做一个嘴皮子上的游戏。这一类的电视作秀节目通常如此，目的不在得出结论，而在于吸引公众眼球的注意，没有什么实际效果。

我的看法，这个论点的确是带有一些性别歧视色彩。劳动力就业紧张是一个事实，但不能因为要腾空劳动岗位，就打出这样一个"鼓励"女职工"退岗"以便"相夫教子"的名目,首先撵妇女回家。合情合理的解决办法应该是鼓励或劝退那些不具备劳动能力的人下岗培训或另谋他就,不能一轮到有倒霉的事儿就首先想到从妇女头上开刀。所谓"尊重家务劳动"也不应该采取这种方式,而是要通过完善社会福利、健全社区服务制度等等来达到。在现阶段国情之下,妇女一旦没了经济权,同时也就丢失了其他一切权利。妇女回不回家应当是一个偏重个人化的选择,她们应该有自由选择的权利。譬如有的人喜欢做家务,有的人则喜欢出去闯荡,有人纯粹是为谋生糊口挣钱补贴家用才出门工作的,这些人都应当得到充分的尊重。一个现代、进步、民主、开放的社会里,首先应该懂得对个体权利的尊重,尤其是要充分尊重女性的自由选择权。

中国妇女的现代解放大体上可看作一场自上而下的社会变革。新中国成立后政权建立初期,妇女的走出家庭都带着一定的被动色彩,男女平等

书画阅读作品　优秀奖　何巧凤

与"妇女能顶半边天"是国家意志的产物,高度契合了自现代以来中国妇女内在的自我解放需求。当历史发展到今天,在生产力高度发达与劳动力获得充分解放之后,妇女的回归家庭也成为一种社会现象。她们自己主动不想出去工作或者家庭里不再需要她们出去工作是一回事,而被撵回家又是另外一回事,二者不能混淆。此时的回归家庭,应该更加考虑和尊重女性意愿,回归应该成为物质丰裕与精神自由的象征。

互联网发达的时代,有许多年轻的女性自由职业者,选择了另外一条道路,她们既非被撵回家也不是不工作,而是选择了在家工作。她们不必再早九晚五地为上班而在路上奔波,而是选择了宅在家里就能做的工作,诸如在家做平面设计、画画、写作、开淘宝店等等,收入不菲。现代化的信息社会,给女性提供了在家工作的便利。这一群人多半是受过新型教育、有一技之长的新人类,能够把电脑当缝纫机使,把写作类似于织毛衣。年轻时结队去饮酒泡吧,郊游踏青,听听小鸟在树林中歌唱,同田野边上的小驴子打打招呼问个好,悠哉游哉,一副怡情山水、陶然忘我的模样;年纪稍长时,再敛气静心、相夫教子,边干着活边拉扯着孩子,圆满女性自己的人生。如此一来,生活事业两不误,"回家"成为女性最理想的选择,成为女性人生中的一大境界,活活羡煞那些在办公室里无趣无味勾心斗角奋力打拼的男人们。时代的发展和社会的进步,必定给女性提供更大的生存选择空间。今后,对于那些掌握了一定劳动技能的妇女来说,"回家"根本不会令人害怕,"回家"成为一种女性的田园理想。

一间自己的屋子

女人必须要有"一间自己的屋子"!这个由英国19世纪著名小说家维吉尼亚·伍尔夫提出的论断,当我们在上个世纪90年代初第一次从中文译本看见它时,是多么的振奋而又惊诧啊!那个大胆而又不顾一切的维吉尼亚·伍尔夫在自己著作的开场白中写道:"我只能贡献给你们一点意见,关于一件很小的事——一个女人如果要想写小说一定要有钱,还要有一间自己的屋子。"(《一间自己的屋子》〔英〕弗吉尼亚·伍尔夫著,王还译,北京:三联书店,1992年版)当时许多中国能识字的女性,也包括我自己,一下子就被这个理论给镇住了!就像工人阶级从剩余价值理论中知道了自己被资本家剥削的根源,女人阶级从西蒙·波夫娃的《第二性》理论中知道了自己"女人性别"是被男权后天教唆，当时我们这些二十来岁的文学小女青年们，立刻也天眼开开，从蒙昧之中被启蒙，懂得了女人之所以写不出好小说、成为不了文学大师的道理——因为我们没有一间属于自己的屋子！没有自己的屋子，就不能不受干扰地独立思考写作，也就不可能写出好文章；既然没有好文章彪炳于世，当然就不能获得文化上的权利。

可是我们为什么没有一间自己的屋子？伍尔夫那个年代是因为妇女在英国所处的社会地位低下，经济权益低微。而我们却身处新中国的20世纪90年代，中国妇女仿佛早已经有了跟男人一样的平等，可是我们为什么没有房子呢？其实，在那个计划经济体制时代，不光是妇女不能轻易有房子，就是男人也不能随便得到房子，房子是国家统筹分配产品，多少人都在双眼望穿，希望能够有一间小小的自己安身立命之地啊！在此房源严重匮乏的情况下，比较可恨的是，国家福利分配住房制度，延展的还是农民式的保全男性重劳动力的方法，大凡单位分房都要以男方为主，妇女先天地被剥夺了以个人身份享受国家福利的权利。对此，我们怎么能不抱住伍尔夫的理论不放，并对"房子理论"生出无限的感慨呢！

"房间"从此不光具有了物质的概念，它还成了一个具有强大隐喻意义的象征符码，表明了女人在社会上所受到了歧视或者说是不公正待遇。按照伍尔夫的说法，从经济角度说，由于母亲们没有职业，没有社会地位，不能开厂或做股票交易所的大经济人，不能留给女儿们可供继承的遗产或设立研究津贴、奖学金，以供女儿们过悠哉游哉的生活，所以女儿们注定没有文化无钱接受教育，注定就要当老妈子，整天柴米油盐在厨房和起居室里打转。否则的话，女儿们就应该跟那些有继承权、受过教育的儿子们一样，现在一定会很舒服地坐在沙龙里或写字间，她们谈话的资料会

是考古学、植物学、人类学、相对论等等博大精深的理论，她们也会心安理得地写作，而不必为经济上的困窘劳神。她号召女人要争取有"一间自己的屋子"，就是激励女性要为自己的经济权益和社会地位而抗争，其态度应该激烈、亢奋、勇猛、强悍，要成为斗士，哪怕它同时伴随着偏颇、乖戾，也要奋勇斗争，攻其一点不及其余，与占统治地位的男权展开白刃战，坚决抗争到底。

我们为此深受鼓舞，并通过妇联妇工委等等为女性说话的机构孜孜不倦地为争取跟男人有同等的分房权利、为有一间自己的屋子而斗争。时间跨入新世纪，旧的福利分房制度解体，在新的市场机制下，那些城市里一幢幢拔地而起的高楼大厦，对于购买者一视同仁，根本不问买房者性别如何。妇女不期然给赋予了一个平等的获得房间的机会。后来的结果人们有目共睹，那就是进入新世纪后，一茬又一茬妇女愈发喜欢从事写作了，女人写的好小说一天比一天多了，妇女在社会中的文化地位一天天地上升起来。这些都不能不说是得益于她们的经济条件和居住条件的改善，她们普遍有了属于自己的自由写作空间，思维因而能够不受阻隔，思想能够向灵感的境界飞升。伍尔夫如果能活到今天，并能亲眼来中国看一看，在第三世界发展中国家，竟然有这么多受过教育的知识女性怡然自得地居住在自己的屋子里，驻守着一块自己的精神领地，自由地生存，快乐地写作，为人类贡献着丰富的精神产品，她将会有何感慨？

女人，先安居，然后才能诗意地栖居。这也许就是"一间自己的屋子"延伸到现在的意义。

抚摸的纯粹感觉

题目是借来的,援引自一位评论家编的小说集。一日正在书桌前与电脑较劲时忽然萌发出一个想法,觉得用它来形容人与电脑之间的互动关系竟是十分的恰切。

从前我们写字只是单纯地用笔写,笔与纸之间是竖着垂直进行的,有时稍微有一点倾斜,但一般不会超过35度角。这种书写方式的发展几乎跟人类文明的进程一样悠久而漫长,自从人类创造了文字伊始,这种书写方式就一直生生不息地毫无变化地沿袭着。整个人类文明的有文字记载的历史,就是一部用"pen"(笔)书写的历史,或曰是一部男性的"penis"(阴茎)在一部巨大的女性薄膜肆无忌惮地"垂直进入"的历史。人类历史只是男权文明的忠实记录,只是男性生殖器在天地之间纵横捭阖的飞扬

第四章 三八节有感

跋扈。而在此期间女性却被迫保持沉默,历史充满了男性暴力、血腥、残酷的独白,却听不到任何一点女性阴柔动听的音响。男性和女性都暗暗地接受了这一"笔"的历史。因为历史只存在这样一种形态,人们根本无从对比和选择。这一支笔和那一支笔,这一代笔和那一代笔之间都是相互按照传承,自自然然亲亲密密地顺序排列。倘若比较,也是一支笔跟另一支笔的比较,自来水笔跟毛笔的比较,原子笔跟钢笔的比较,只能是在使用性能上、方便快捷程度上进行无足轻重地抉择。在人们固有的观念当中,笔似乎是与生俱来的,笔的书写方式几乎变成天经地义不可更改。

随着科学技术的发展进步,电脑出现了,笔的垂直书写方式受到了强有力的挑战,键盘式的平行敲击抚摸进入了历史书写者的意识日程。"抚摸"式书写具有更进一步意义上的比较纯粹的感觉,人与电脑互为对象化关系而存在,人机之间是一种平等的、和谐的、对话式的互动关系。人机对话时,强调的是彼此的尊重和互相的熟知。"抚摸"式的感觉不能有暴戾,不能有焦躁,不再具有"强迫"、"强行进入"的粗暴心态,它要求指尖在键盘上的位移是温柔的、质感的、体贴的,亲情般地关怀和理顺机器的每一个枢纽、每一道神经,让它每一个器官都感到无比的舒适和熨贴。这时它才肯和你共同行进,一道运作。你会觉得它就是完全属于你的了,或者此时此刻它就是你,你就是它,你所想的,自然而然就从它那里流露出来,无比畅快,毫无阻塞。这时书写的主体与写作的工具之间将会是一片悦耳的和谐,有一种彼此合一的愉快交响。一旦人对机器施暴或稍微有所不恭,下手重了一点或指令不规范明确,就会遭到机器最无情的反抗和拒绝,"天书"和病毒就会布满整个屏幕,死机的事情频频发生;并且,一旦人类心存功利,欲要无休止地利用机器时,机器也会用对人身体的损耗来作为回报。人对机器利用越甚,机器对人的损耗越深,倘若你出于某种需要，竟然乐此不疲地对它无休止地敲打下去，它反过来就会让你的视力下降、眼睛暴盲、颈椎劳损、心肌梗塞、手指痉挛以作为最有力的还击。

男人造机器。男人们造出来的机器终将会改变男人们自己。外在书写方式的变化终将会导致人类内心的革命。应该说科技进步的时代是女人翻身得解放的时代，电脑信息时代的男女平等的时代。对女权主义尚存怀疑或抱有成见的人终有一天会发现，其实，人类历史的男权文化的颠覆和变革，已从书写方式的变化中悄悄渗透进我们的日常生活，人类生存方式和思维观念的更新也由此悄悄地发生了。女权主义不再是一场简单的文学或政治运动，也不单纯是女诗人女学者们故意玩弄的新潮。男女真正文化意义上的平等，将是人类文明发展的不可逆转的必然趋势。今后，所谓的"尖刀、匕首戳破稿纸"，以及把纸张"揉成一团"这一类带有男权隐喻性质的强悍、粗暴的字眼将迅速地死去，代之而起的，是善待机器、善待自己、善待这个男女共存世界的"抚摸的纯粹感觉"。

亮出你的肌肉块儿

看了两版报上的关于"女权主义"的讨论，都是男人在嘀嘀咕咕、嘀嘀咕咕地说话。而女人，在多次被胁迫、被强求着对"女权"问题发表看法之后，渐渐的，就对讨论这个问题不感兴趣了。因为，事情的结果明摆着：你要不表明自己是个女权（或女性）主义者，新潮女人们就不带你玩；而一旦你申明自己是个女权（或女性）主义者，旧时代男人们又开始不爱带你玩。总之，身为女人，总逃脱不了受夹板气的命运。从前她们只是光说不练，现在她们只练不说。要争女权，做就是了，还嘀嘀咕咕让人知道、对你有所防备干什么？

女权到底是什么？各有各的说法。比较能够代表中国一般老百姓看法

书画阅读作品　赵金红

的，就是新出的一套叫《红风车》的经典漫画丛书，其中专门有一本叫《女性主义》（这是一个客气的叫法，只说"女性"而不叫"女权"，怕一提"权"字不符合中国国情）。封面是一位北美或者是北欧地方女郎，头扎白羊肚儿手巾，瞪大贼亮贼亮的凹陷双眼，伸出胳膊，绷紧双拳，在亮肌肉块儿，就像舞台上男性肌肉健美表演时拿的那个姿势。

这时人们才恍然大悟：原来所谓"女性主义"，就是一个荷兰牧场的挤奶女工，或是北美农场的粗壮女农民，在瞪大眼睛，牛哄哄地向世人亮肌肉块儿啊！这可是一个多么通俗的解释啊！那么在特殊人眼里，比方说专门研究这方面学问的理论家眼里，"女性主义"又是什么呢？要想严谨地论证明白这个主义，也是要费一番力气。就跟男人们在论主

义时的情形一样，女人们一论到主义的事情时，也是互相吵吵来吵吵去，论辩，叫唤，争夺话语霸权。世人眼里的女性主义，多半都是各执一词。依我看，女性主义，还是归结为女性无政府主义好，就是给女性以充分的生存自由选择权利。比方说，想出去工作就工作，想当家庭妇女就当家庭妇女，只要自己认为活得好，自在，幸福，就行了。这要搁在从前，就不行了。像我这个岁数的中年妇女，在过去，如果不出门找一份工作，就要被人笑话死的。新社会男女都平等了，女人若守着锅台转，不走向社会大舞台，那怎么行？当寄生虫等着男人养活吗？真没出息。但是，一旦出去工作，又遇到种种麻烦，不是用人单位"不要女的"，就是体制之下的公家单位"女的没资格分房子"等等歧视措施。"男女平等"以后的女人反正是进路没有，退路也没有。现在好了，多元文化，多种经济形式并存，女人有了在就业糊口上的选择自由。让有能力的女精英和女强人去当白领领袖，去争取投票权、选举权、参政议政权，让热爱厨房的女人们愉快地围着锅碗瓢盆转。愿意做单身女贵族的也可以，愿意做绝代佳人的也行，绝不会因为"不孝有三无后为大"而被婆家逼得自挂在东南枝。这就是新兴的女权运动给妇女们带来的便利和好处。

　　但是也不要以为女权主义给妇女带来的就全是实惠。想知道时髦男人是怎样利用"女性主义"的吗？比方说，个别狡猾的男性分子，就拉上"欢迎和赞美女权"的大旗，搞一些犬儒主义活动。跟女人一起吃饭不掏钱，还说这是给她一个显示经济实力的机会；聚会到深更半夜不送女性回家，还搭女人打的出租车子，他中途屁股一欠不付费就先下了。这还是在有文化阶层，而在普通百姓阶层，那些小流氓恶棍就不知道什么女权不女权的，流窜打劫的"刨锛队"，总是在深夜里手握小锤子，静侍马路边，专拣过往行人中模样长得是女人的后脑勺上敲。亮出女人的肌肉块儿，难道就能抵挡得住传统歧视妇女、强暴女性的四面楚歌了吗？

真正要想争取女性自身的权益，理所当然就要先修理男人。从立法上，从制度上，从国体和政体上真刀真枪地修理。否则，光练一些表面上的健美功夫，花拳绣腿，根本没有用，一不小心，还容易退回到"女为悦己者容"的老路上。那样，女人就愈发失去自我了。说来说去，女性主义，还是应该搞，而且必须搞。只是每个女人施展自己战术的空间和夺权的形式不要强求一律。

缝纫机哪里去了

从前，刚改革开放国门敞开的时候，不少海外华人回来探亲。在报上看见有一老年华人写文章忆旧，表达他对中国大陆女人的观感和失望情绪时说：过去的女人，扎两大辫，在煤油灯下做女红，一说话就脸红，最是那一低头的温柔和娇羞，让男人欲罢不能。谁看不说好！现在可倒好，满世界的女人，个个跟刺猬似的，比男人还厉害。过去那些美丽的女人们都哪里去了？

记得这篇文章，当时就遭到不少国内女子的反驳，说您提的那都是多少年前的老皇历，都哪朝哪代的事儿了！男女平权和社会进步都已经多少年，整个时尚、社会风貌都发生了翻天覆地的改变，您老的记忆怎么还停留在半个世纪以前呢？

当然，这也怪不得那位老先生。海内外炎黄子孙之间多年的隔阂，乍一见面，互相都看着奇怪也是应该的。就像他老人家本是在海外穿西装的，为回国特地穿一身立领绸缎唐服，走大街上令人以为古装戏剧组的人没卸妆就跑了出来。他看我们的女人穿超短裙三点式露脐装，感觉当然要一时半会儿跟不上。时空的隔阂，造成了老人家怀旧的虚假性。

而当社会发展到今天，物质极大丰富、技术也日益进步之时，国人却也有人提出"缝纫机哪里去了？""过去那些女人辛勤做女红的美好场景哪里去了？"这些古怪的问题，听起来感觉提问者不是中国人，显出一种矫情。难道提问的人真就一点也不了解国情？不知道电动缝纫机正一溜整齐地摆在集约化大生产的车间厂房里？不知道新式有文化受过良好教育的妇女，早已摆脱简单低级的手工做针线活方式，而是采取另一种做活方法，正

书画阅读作品　三等奖　肖春梅

手指如飞、键盘轻击、辛勤奋斗在个人电脑PC机——这么个庞大高级的"缝纫机"旁？

过去的针线活为什么让女人在家里做？穷啊，买不起，自己家做的便宜。且得记住，有人在辛辛苦苦喂完了鸡、喂饱了猪、伺候饱了老人孩子和男人后，又得马不停蹄，盘腿上炕纳鞋底、缝制粗布衣，缝了夏天的缝秋天的，缝过了冬天缝春天，直缝出了女人那一双粗糙的老手，简直像老树皮一样。与此同时，却也有另一些女人可以不劳而获，穿绫罗绸缎，摆螃蟹宴，做饮酒诗，百媚千娇，享受美好人生。过去的女红，是不得已而为之，是底层劳动妇女干的事情。你可曾见林黛玉薛宝钗做女红？大家小姐不做，只有下人和丫鬟婆子们做。富人家小姐，练的，是琴棋书画，偶尔绣绣花，也是为炫技，表示多才多艺，为出嫁时攒更多资本。

那时的女红，是现今一切时装产业，比如说皮草、皮革、鞋业、刺绣、鸭绒等等制造业的低级阶段，它们通常是以个人的方式单独完成。现在，则以集约性方式生产，由连锁工厂去做，致使产品成本大大降低，出售价格也让各个收入阶层的人接受得起。过去耗费大量时间和精力缝的棉袄棉裤、书包鞋底，今天只要出钱一伸手就可以买到，比自己在家做要便宜。哪个大妈大婶还那么实在闲得无聊，有空不出去遛弯锻炼身体、不看电视或跟老伙伴们喝茶聊天，而要弯腰驼背、眼睛累瞎了腿累罗圈了，去缝一个根本让孩子们不屑于穿出去的东西？！

现在我们还能勉强看见的"做女红"场景，那已经不是为了实用，而是拿它作秀了。像在江苏省的旅游胜地周庄的一条小巷子里，就专门支起一个门脸，找几个不知什么族的老女人，围坐在一个古色古香红木八仙桌子旁。她们都穿少数民族五颜六色彩装，彩带缠头，手里拿着针和线，桌上摆着针线笸箩，放上几个锈好的腰带荷包，支好了样子，愿者上钩，等着中外游客前来购买和照相。见那荷包绣得精巧，我们队伍中的一个朋友有心想买，就问怎么卖？老太婆撩我们一眼，回答说50块钱。我们忍不住问她说：你是看我们不像中国人吗？

对于新一代女性来说，她们普遍对传统女红缺乏记忆和感受。她们不知道"绗被子"时如何将被里被面两面穿透，也不知道蹬缝纫机时怎样才能让针脚走直线。对她们来说，所谓做"女红"的形式已经变了，缝纫机变成了PC机，她们在上边织啊绣啊，做文案，写文章，搞策划，画图画，一个字一个字地往里输入，一个线条一个线条地用鼠标绘描。过去时代用针线绣花，虽说也要"心灵手巧"，但是那个"心灵"，灵的只是右脑，是支持躯干活动的大脑右半球中枢；现在用电脑，对左脑的要求极高，要求有逻辑思维和抽象思维能力，不光要手好使，打字速度快，更要求脑子好使，有文化，有思想。想想，做这种女红，跟过去的那种简单的缝缝补补，有了多大的进步和差别！

一切只能说明，社会进步了，妇女劳动力解放了。女人的智慧和生产力，也早已经大大地提高。那么，究竟是谁在怀念"女红"呢？肯定不是那些一辈子都做着它过来、腿已经盘弯得扭正不回来的老妈妈们，也不会是没做过它的新一代女子。不管是谁吧，反正，这回，他又像那个海外华人一样，堕入了怀旧的虚假。

一唱三叹

每一条大路都在唱着红尘的歌。

每一段流年都在吟着随笔的曲。

歌声打着漂亮的唿哨，愉快而轻捷地在女人的眼角和发梢自由地穿梭跳跃，并掠过她们粉嫩而光洁的额头，把她们柔软的身姿，一段一段地镶进高低不平的五线曲谱里，变成蝌蚪一样起伏婉转的乐音。

一页一页的，瞬息间，她们便给翻唱老了。

有哪一个女人可以拗得过流年的呢？

真的，不经意的，流年仿佛是那么样一道随笔，随随便便而又极其刻意，将女人的红颜轻轻重重点划而过，一撇一捺，一横一竖，渐渐粗糙了她们的心情,又好似刀削斧劈,斫乱了她们肌肤的纹理。细腻的,便只剩下她们笔尖的歌声,和丝绸衣裙上一道道水波皱纹了。

除了她们的笔尖上的歌声,袅袅唱着,拼命要挽住时光的脚步外,她们还能够企望些什么呢?

那歌声呵,曾属于女人自己的,年轻美丽的歌声,在阳光炽烈炙烤的白日里,却如一朵朵还未及开放就已枯萎了的花,委屈而又无奈地,弯曲在每一行阳刚的字缝里,羞涩地密闭,紧张地期待着一个怡然贲放的时机。

终于,到了静夜了。阒寂无人的时刻,待她沐浴熏香已过,以一种任意的女性姿势疏懒地横斜。门窗这时都已关好,一盏红红的烛火,也已在期盼中摇曳着闪亮。这时,她便散漫地拾起一张女性的书

书画阅读作品　二等奖　吉晓艳

页，将头轻抵在柔圆的膝上，黑亮亮的眸子，也轻轻地关上，只留下那道心灵的门扉，自由地敞开着，静静的，等着去聆听一股月亮潮汐的轻轻拍岸。

渐渐的，有一种温润的女性文字，便沿着她潮湿的额，汩汩的，一波压着一波，流淌而来。那文字似一群群刚刚获得赎救的小鸟，冲破白日阳刚的牢笼，扑啦啦地，欢叫着，从所有脆薄的纸页里惊飞，把一声声热烈的啁啾，溅击进她眼中融融的蜡泪里。

一簇簇红红紫紫的花朵，也怒然间从字缝里蹦将出来，骄傲的，绽开她们腰姿的细软，在夜声中舞荡，摇曳，馨香的花蕊，洒了她一头一身，沾了她满满的一衣一裙。

她不由得惊异地瞪大了眼睛，洇着满颊的红潮以及满脸的激动。张开双臂，毫无顾忌地去拥住她们，与她的同性姐妹们一起着涩地欢歌共舞。

除此之外，她真的是什么也不能够做了。

她还从没有这样恣意地欢欣起舞！

夜晚是女性的文字真正起舞的时刻。

在白昼过于罡烈的话语之下，那种种动听的阴柔全然都被遮蔽不见了，静谧到人们以为她根本就不存在。夜晚，只有在夜晚，当人们屏气凝神，消除掉白日里的种种狂躁和扈戾，怀着一种开明之心，浸入一种包容之境。只有这时，才能够听到女性文字翩然舞动的无言声响，听到她那衣裙窣窣的动情之音。

鸟儿要获得天空，所以才乘着歌声的翅膀去飞翔；花儿要展示自己，所以才和着夜露的芬芳去开放。开放和飞翔，有谁能够将这种权利予与剥夺？飞翔与开放的美丽，只为能够欣赏这种美丽的人而存在。对于无知无觉者，就只有低低地对他们说一声"遗憾"和"无奈"了。

实在的，同作为女人，我是那么喜欢读你们的文字。你们女性的话语与女人的黑发一样，瀑布般地自由流泻、倾淌。你们丝绸一般的充满弹性与韧度的文字，光滑酥软得如在巧克力酒心里浸过，散着醉人的沁香。必须是在静夜里，以一颗无限体恤怜爱之心，用指尖轻轻地捻起，柔柔地在一团团的氤氲里划过，生怕你们的文字像梦，像一团气，一用力，便惊散了。

品尝你们的文字，带着太多欲望的时候却是不能够。那样注定与你们文字的内涵不相符。女性的文字摒弃欲望，也禁不起阳刚欲望的蹂躏和打击。她只能够接受同道人的激赏和赞叹，也只能够接受同情者的怜恤和呵护。

是脆弱的又带着几许柔韧的坚定，是欢情的却又满是惆怅的低回。是一种说不清道不明、不想说清也不想道明的、随心所欲自由来去的奇异文字。刚一触到你，我便觉出了我与你的内在相通。

那一刻我的心底震荡出微妙的涟漪。

每日里我都在高山峡谷般的雄性文字里攀缘和穿梭，进行着人类通常意义上的灵与智的修行和探索。在一次次疲惫不堪、心力交瘁的上升和跌落里，我都会怔忡地、艰难地喘息着，撇开书页，放平心绪，走进到你们的文字里，寻找一份感性的慰藉和休憩。

潺潺的，便有一股溪水缓缓滑过我倦涩的双眼，润过我干燥的胸脾和肺喉，缓缓地将我浸润松弛了。那样一种自由自在、漫不经心地营造句子方式，那么纤弱、兀奇，又是那么浑圆、有力，任凭生命和情感的急流毫无遮拦地在文字里奔呵奔呵……完全藐视一切现成的人类理性规范。

葳蕤的翠绿与高贵的深紫，青春的大红与爱情的明蓝……所有的，所有的颜色都如风铃般的，叮叮咚咚地挂在世纪末老树喑哑的枝头，振动翅羽发出嘹亮的欢唱，无比灿烂明媚地萦响出森林的春天。

因为有了这样一笔灵妙隽秀的文字，从前那些古老端庄的文学史都要考虑重新改写了呢。

女性的文字是起舞的文字。

是优雅的、仙鹤的舞蹈，也是凄迷的、苇草的舞蹈。翅膀和枝条都在落日的余晖中孤独地展开，铺散。摇曳、晃动着无比美妙的修长，赏着自己水中的映像，发出眷恋的、感叹的幽咽。每一个字角似乎都已陷进生命的泥沼，无力自拔，挣扎出一章章的哀婉和迷乱。

蓦地，她们又开始莫名地高兴起来，舞点急遽地加快。一捧捧的清波，被快乐地掬起，滴点在结满渴望的唇上。接着她们的嘴角便含满诡秘的笑意，扭动起肢体，与自己的影子幸福地合二为一。没人能够窥破她们的奥秘，只见她们旋起自己艳丽的羽翼，翩翩欲仙，自顾把身体抖动得像高烧的疟子，根本不在意旁人投以什么样惊邪的眼光。

有时她们又仿佛一团火，没来由的，就从火山口里喷发出来。那样炽烈而疯狂地燃烧，似乎是想投进文字之中自焚，活活要把自己化成灰烬。火苗儿快乐地炙烤，火舌儿灼灼地欢唱，越燃越旺，越蹿越高，直要去舔舐那天空的胸膛！

更多的日子，她们都是在跳"两棵树"式的暧昧舞蹈。树与树之间总是藕断丝连，缠绵悱恻，渴望靠近而又相互回避，彼此调情而又相互脱离。每一个动作比划都在向对方发着痴情呼唤，可点睛之处却又戛然透射出冰冷冷的拒斥。

着了魔一样的女性文字！

还有……伤害，这个阳刚的世界中，雌性个体所必不可少要受到的伤害，因为无辜而经受的伤，因为真爱而遭遇到的害，总像一道道黛褐色的阴影，浓重地低垂在她们含泪的睫毛下边。每逢跳到这一小节，她们那些飞扬的神采就全没了，脚步恍惚游移，裙裾扑朔迷漓。似愤怒，却又愤怒得十分疲软，似刚强，却又刚强得柔肠寸断，只剩几分无奈，几分无助，几分无望，几分无稽，几分自抑，几分自欺，几分无着无落的痛楚，几分无怨无悔的凄迷。

会跳舞的文字是女性的文字。

女性的文字跳尽了女人的迷思。

迷思中的女人呵，除了将一切情感倾泻于笔端，你还能指望谁会来解颐你无端的黯然神伤，谁会来聆听你赡妄的自言自语？

跳舞的文字是最有生气的文字。这样的文字不受缚于任何僵死的教条。生命中最原始的冲动和活力，焦虑和渴盼，都从她们那腰姿舒软、无羁无绊的文字中——呈现。

我羡慕那些用肢体和皮肤来写作的女人。她们不是用经过高度驯化的思维着的大脑，而是用每一个毛孔和触须的敏感与细微，用天生的敏锐和才气，细致体味风疏雨骤的时令节气，深刻感受冷暖无常的世态炎凉，用她们一份真诚的生命体验，去自在地描写和抒臆。

我渴望着，能与她们同行。

我期待着能如她们一道，去轻灵地舞动。在夜晚无人的时刻，在水天一色的平整沙滩上，迎着一股扑面而来的腥咸，摇曳着起舞，让文字如潮水一般起伏跌宕，让肢体章鱼似地张开敏锐的触须，急切地穿梭、跳动在一簇簇不安的浪尖里。

或者，隐身在无边无际的莽莽森林中，自由、如意地倒伏下去，如青滕一般虬乱匍匐，任意攀缘、蔓延，没有节奏，不讲究秩序，只按生命自身的节律去颤动、扭曲。

　　我多么的渴盼着。

　　只是，我不能。

　　我的禁锢已久的发肤肢体过于呆板僵化，我的曲压成直的韧带关节过于紧张干涩。它们总是呆呆地、无所作为地搁在那儿，完全成了衬托头脑

书画阅读作品　优秀奖　李春利

的摆设。我会在每一个来邀我共舞的人面前感到惶乱和羞涩，总是以一种相当笨拙的表情，仓皇地回避和逃脱。甚至在每一种自然、友好的、近乎于天籁般地感召面前，我的皮肤和血液仍在保持着坚定不移的麻木和僵涩，唯有脑子里在无比激情地跳跃着，瞬息间闪动出亿万种有关"跳舞"的联想，仿佛是一台性能优良设备先进的智能计算机。

这时我便觉得实际上我已经是一个残疾人了。

不会尽情舒展自己姿体的女人还不是一种残疾人吗？不会跳舞的女性文字还不是一种残疾的文字吗？

我自闭在一种悠远而又深长的经年教化里，无意中把肢体自闭出刻板僵化的致命伤。烦躁郁闷的时刻，我十分渴望大声呼喊，用细润的，有些缥缈的女性嗓音，唱一支抒情的罗曼欢曲。

可是，不行。每逢张口，我笔底发出的，却总是一种干硬的拖腔以及一种奇怪的冷笑。这声音还未及惊惧住别人，倒是先把我自己给慑住了。真的是把我自己给惊慑住了。这难道真是由我发出的声音吗？由我细腻的喉管，柔润的胸腔共鸣所发出的、这么嘶哑、皴裂的干嚎？像是烟酒熏炙过度的，那种磁性的"中人"的声音，每一个字缝子里都有着沙砾的粗糙。

对一个从事写作的女性来说，意识到自身思维的某种断裂，同时又清醒意识到这种断裂的不可自我弥合，意识到这只能是一种非A即B的断然取舍，这该是多么的痛苦！又是带着多么巨大的无奈和忧伤！

能把一切的责任都简单地归咎于历史吗？古往今来，万丈红尘，有多少人，又有多少事，沉浮兴衰，跌宕升落，却原本也不过是人们自己的主动跟历史唱和！正是我们自己的一次次主动投怀送抱，方才把那一段段历史娇纵、成就了呵！

多么希望我也能如她们一道，构造出轻柔曼妙的诗情文字。但是，不行。理性排斥诗。经过驯化的理性思维已经不能够恢复成诗。多年以前，为了奔赴一种关乎于全人类的宏大的理想，我早已自觉自愿的，满怀着一种无比决绝的悲壮的决绝，戒掉了青春，也戒掉了诗，把所有的感官世界——封闭，把所有的女性细腻触觉彻底抚平，不留任何痕迹和踪影，不断地用粗糙、坚硬的文字，砥砺磨打自己，刮割自己那无比脆弱敏感的女性神经。我是那么坚定地相信并认为，所有的关于个人的、关于女性的内心感觉，都是与那个伟大的理想相忤逆相违背的。所以在我以后未老先衰的文字里，就只剩人在江湖的刀剑相撞之声，挟着北方浓重的黄尘风沙，滚滚扑面而来，根本就不见人影，更遑论男女了。

一部巨大而又苍茫的历史，可容得下我们说上多少声，可许得下我们念上多少遍："青春无悔，青春无悔"呵！

但是，同是在写作着的我的同性姊妹们，我想说，尽管我个人的资质和禀赋都不如你们，尽管我已习惯了以超性别的思维面目出现，但是，我的一颗女性之心，却时时刻刻与你们同在。

与你们同在！

虽然我无缘与你们同行，但是，我却会坚定地你们与同往。无论我的脚步伫立在哪里，我都会时刻关注、谛听着你们。

像一枚叶子以细长的微笑，谛听着你们花朵的开放；像一块泥土以朴拙的厚重，钦羡着你们翅膀的飞翔。

也许……

也许月亮注定挣扎不出日光的罗网，潮汐的消涨掩饰了多少心中的黯淡；

也许梦里注定蹁跹不出虚幻的飞翔，醒来却只看见泪已沾湿了风的翅膀；

也许流年注定翻唱不出古老的忧伤，湮灭了青春红尘永远地欣喜与悲凉；

也许……

也许吧……

第五章
读大师，吟经典

爱是这么短，回忆是这么长
　　——读曹文轩最新小说集《桂花雨》
江山如画皮，人生如梦遗
　　——李敬泽之《小春秋》
听莫言和库切谈诺贝尔文学奖
当人们谈论门罗的时候，我们在谈论什么

爱是这么短，回忆是这么长
——读曹文轩最新小说集《桂花雨》

"爱是这么短，遗忘是这么长。"（Love is so short, forgetting is so long）这是诺贝尔文学奖得主、20世纪最伟大的智利诗人聂鲁达的《二十首情诗和一首绝望的歌》中的经典句子。读完曹文轩最新结集的小说《桂花雨》，我不禁感慨：爱是这么短，回忆是这么长！曹文轩该有多么爱自己的童年啊！短短的童年经历，却让他反复书写吟咏，取之不尽用之不竭，制造出无数起承转合层出不穷的故事来。

的确，他所经历的那个特殊年代喑哑黯淡的童年，尤其是13岁左右的少年时代，构成了其一生文学创作的基石和源泉。他那卷帙浩繁上千万字的著述，那些绕肠千结生离死别百变迭生的童年往事，那些滴哩婉转稻苶千重的油麻地抒怀景致，那些风车转动鸽哨脆响天瓢大雨三角地传奇，那些草房子细米红瓦黑瓦的忧郁与悲悯，那些青铜葵花桂花雨朦胧情愫的天真与庄严……一切的一切，都起于童年，又漫漶于回忆。

同样的生活年代，同样的被各种政治运动、饥饿与孤独困扰的乡村童年，由于文学观念、美学理想以及个人性格气质的不同，作家们笔下便呈现出不一样的童年风貌。比如说在莫言的笔下，童年就是《透明的红萝卜》、《红高粱》、《四十一炮》，是窥破世相、炮轰人类的上帝之眼；曹文轩笔下的童年，则是《青铜葵花》、《草房子》、《细米》、《红瓦黑瓦》，是照见人心的爱与善的情愫，是悲悯与宽怀的菩萨之光。

关于儿童文学的创作宗旨，曹文轩曾有过精确的夫子自道。正如他在《草房子·〈追随永恒〉代跋》中所言："'如何使今天的孩子感动？'……在提出这一命题时，我们是带了一种历史的庄严感与沉重感的。……能感动他们的东西无非也还是那些东西——生死离别、游驻离散、悲悯情怀、厄运中的相扶、困境中的相助、孤独中的理解、冷漠中的脉脉温馨和殷殷情爱……感动他们的，应是道义的力量、情感的力量、智慧的力量和美的力量，而这一切是永在的。"他的儿童小说抽空了历史时代背景，并不在意是大时代或小时代，也不刻意书写人的流言与传奇，只与人性的普遍性相关，在一个普泛的人类天空下，书写人类的本质与本性。

"生死离别、游驻离散、悲悯情怀、厄运中的相扶、困境中的相助、孤独中的理解、冷漠中的脉脉温馨和殷殷情爱"——这些，重新构成了新集子《桂花雨》中的内容。小说集《桂花雨》的编排很有意思，是按年代顺序，逆时间排列，前边收录了近两年写的五个短篇，后边收录了写于20世纪80年代的4篇作品。前者是已成"教父"之后的圆熟之作，信手拈来皆成趣；后者是写于创作早期的作品，孜孜矻矻尽力求。作者编选时故意将时间跨度安排得比较大，前后相差竟有20余年。跨度这么大的文章编在一起，可以看成是曹文轩在向20年前的自己遥相致意吗？

二

这部集子里，写于2014年的有两篇：《桂花雨》（2014.7）和《一只叫凤的鸽子》（2014.6.25）；写于2012～2013年的有三篇：《灰娃的高地》（2012.12～2013.1）《雪柿子》（2012.11～2013.1）《麦子的嚎叫》（2012.10～2013.1）；最后四篇写于20世纪80年代：《阿雏》（1988）《野风车》（1987.4）《疲惫的小号》（1989.7）《三角地》（1986.5）。

从另外一张曹文轩的创作年表上可以看出，在2012～2014年间，他是在书写长篇之余，批量创作了一批短篇小说。比方说，2014年创作的短篇，除了《桂花雨》和《一只叫凤的鸽子》，还有另外两篇发表在《人民文学》2014年第六期上的《小尾巴》和《第五只轮子》，一经发表就获得好评，几乎各大选刊都予以转载。

《桂花雨》和《灰娃的高地》，两篇的主角都是十三岁。"十三"之于曹文轩儿童小说的隐喻意义，有待另一篇长文予以破解。这里的两个十三岁的男女少年，私生女婉灵和穷人家的孩子灰娃，都在为自己的尊严而战。婉灵的私生女身份，注定她生下来就要受苦。无论遭受什么白眼和歧视，她都顽强地活着，想向世人做自己清白的证明。崔芹家的桂花树有如神树，怕被她的晦气沾染不让她靠近。婉灵最后由于挺身而出扑灭了淘气包长腿二狗引着的大火，保护了桂花树，才被接纳允许参加孩子们的八月摇花仪式。

《灰娃的高地》中十三岁的灰娃家中穷困,有个跛脚老子。他被村里的小孩子们忽视,没人带他玩。就连捡到的小流浪狗也嫌贫爱富,逃出他家跑向富人家孩子黑葵那里。灰娃于是跑到没人敢去的祖坟山包上,排兵布阵独自玩游戏。村里孩子们在黑葵带领下欺负他,打群架,占领坟头高地。灰娃为了找回被践踏的尊严,顽强地抗争,被打得头破血流,仍然以孤独不可侵的气势,爬上了坟头,恢复占领了自己的高地。

《雪柿子》写的是大饥荒年代,冬季来临时,男孩树鱼饿得发昏,摔倒山谷里,发现一棵未被采摘的柿子树。一树的柿子,是玉琢的,金红色,仿佛打过蜡,像神灯。树鱼经过激烈的思想斗争,决定不独吞柿

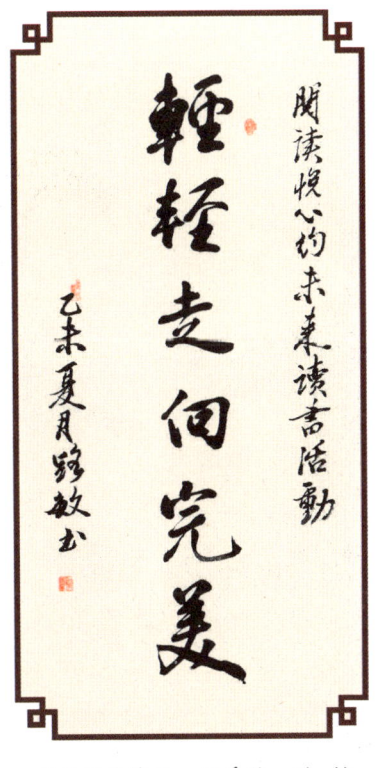

书画阅读作品　优秀奖　路　敏

子,把发现柿子树的消息告诉了小伙伴们。三十六枚柿子,三十八个人共享,他们还决定只看不吃。孩子们信守诺言,没人摘柿子。树鱼的对头叫丘石儿,两家有积怨,不说话。但是,"大饥荒年代里,孩子们似乎变得脆弱起来,柔软起来。他们忘记了过去的许多事情。"

丘石儿饿倒了,一家人准备到外地逃荒要饭。树鱼在三十六人的注视下,摘了一枚柿子,送给垂危的丘石儿。剩下的三十五枚没人摘一个。终于等到救济粮来了,大饥荒过去。万物复苏。一群候鸟飞来,叼走了三十五个柿子。孩子们并不难过,也不后悔把它们留在枝头。"因为,那几十只柿子,曾像温暖的小灯笼亮在寒冷的冬季、漫漫的长夜……"

《麦子的嚎叫》写麦子家

书画阅读作品　三等奖　王　燕

的白牛，与麦子一起长大，已经成为家庭成员。白牛老得不能下地干活时，家里也养着它，要为老牛养老送终。一切都是美好的。如果不是有了那场变故，骑在牛背上长大的麦子，呈现出的就是一幅牧童短笛、春风杨柳耕种的水墨牧牛图。然而，不幸还是发生了。老牛误食了挂在牛厩上篮子里的钱，是两万多块钱纸币，麦子的父亲替乡亲们从粮站领回来的交公粮的钱。没人相信钱是牛吃的。麦子爸爸及全家的信誉遭到空前危机。他们家被听墙根，门前的路被烂泥堵住，麦子被同学们歧视，学校组织去村子里看电影时故意撇下他。最后，在乡人的见证下，爸爸不得已杀死了老牛以证清白。老牛的哀嚎与麦子的号哭，一起响彻天空。

最新的一篇《一只叫凤的鸽子》（2014.6.25）是最用心用力的杰作。读到动情处，不禁使人潸然泪下。秋虎是穷人家的孩子，爸爸是赌徒，坐过牢，妈妈跟爸爸离婚，带着小妹妹走了。秋虎唯一的乐趣是养鸽子。但养不起名鸽，总被富人家的孩子夏望嘲笑。夏望养了好几只名贵的鸽子。秋虎捡到一只遭鹰击受伤落地的台湾信鸽，邻居养鸽子的邱叔叔把这只信鸽跟一只名鸽配对，生出蛋来交给秋虎。秋虎拿回去，孵出两只小鸽子。鸽子妈见异思迁，鸽子爸也伤心飞走了，都不管小鸽子。秋虎当起了鸽子的爸妈，精心侍养。小鸽子死掉一只，余下的一只愈发珍贵，取名叫凤。这是一只真正血统高贵的鸽子，在秋虎的注视下美丽翱翔。不幸的是，凤被赌徒爸爸以一千元卖给了夏望爸爸。秋虎悲恸欲绝！从此他打鱼干活拼命赚钱，一心想要赎回凤。鸽子是他的亲人，除了妈妈妹妹，唯一的亲人。可这个亲人被爸爸卖了，他要赎回它。他不知道一个小孩永远不可能挣到一千块钱的。夏虎家遭变故，爸爸集资诈骗坐牢，家里财产抵债。凤被夏望藏起来，要还给秋虎。秋虎说还没攒够一千元，夏望说不要钱。孩子的心是善良纯净的。在一次信鸽协会的放飞比赛中，凤第一个飞回来归巢,没有回夏望家,却飞回秋虎家的老巢里。秋虎经过激烈思想斗争,拉上夏望,一起提着鸽笼跑向信鸽协会,共同分享了两万元奖金。

《阿雏》写于1988年。阿雏父母双亡,是个孤儿,浪荡鬼,也是村里的小霸王。大狗比他小两岁,是个跟屁虫。阿雏欺负同学,无人管教,被学校开除。上游发大水时,阿雏恶作剧将大狗骗上小船玩,结果被洪水冲得远离了村子。三天过去了,饿得奄奄一息。阿雏为了给大狗逮野鸭充饥而溺水身亡。大狗活了下来。阿雏临死前听见人们呼唤大狗的声音,但是没人喊他。阿雏不禁落泪,他无家可归和无人惦记。

《野风车》写于1987年4月。二疤眼子和父亲看管风车,给田地浇水。大风袭来时二疤眼子克服了怯懦,冒着生命危险勇敢地爬上风车,关掉了六叶篷的两叶,护住了风车。《疲惫的小号》写于1989年7月。故事情节有点像电影《搭错车》的大陆版。乐团年轻的小号手,一时心善,收养了路边被遗弃的婴儿,从此命运发生改变,霉运不断找上门来。小号手辞职到马戏团为生,逐渐潦倒。孩子一天天长大,忍受着孤独、暴戾和颠沛流离的生活。小号手从收养孩子的崇高悲壮,堕入俗常的生存窘态,

书画阅读作品　　优秀奖　　罗缘芫

直至完全古怪尖刻、萎靡颓废，最后贫病而死。孩子未能继承他的小号事业，考上了外省一所三流大学，永远跟自己生活过的这个城市告别。《三角地》是更早的作品，写于1986年5月。描述了居住在三角地贫民窟里的一家人，8岁到16岁的5个孩子的艰难成长。他们在大姐的带领下，洗心革面，立志改变命运做上等人。读来令人动容。

三

在总结曹文轩的创作特色时，著名儿童文学评论家、北师大教授王泉根的归纳特别到位。他认为，作为第四代儿童文学作家的代表人物，曹文轩有着"忧郁悲悯的人文关怀……作品超越儿童生活题材，进入人的本质生活领域，闪耀着生命人格的灼人光焰"（王泉根：《曹文轩文集的学术品格与审美格调》，中国儿童文学，2003年第4期）。

除此之外，更要强调的还有两点，第一，曹文轩的文章，是老师的作品，每一篇都可成范文，进教科书，从创意、构思、用笔、行文、遣词造句，无一瑕疵，没有错讹，几乎不需要编辑和加工整理就可以直接出版。足可以看出他对写作的态度，精益求精，事必完美。第二，永恒的诗意和美，照耀着人性。唯美和永恒，是他反复书写的母题。因为对美的过分关注和执著，有时甚至可以把丑忽略了，或者故意视而不见。这也就是如他自己所说，要带着一种"历史的庄严感与沉重感"，去使今天的孩子感动，用"道义的力量、情感的力量、智慧的力量和美的力量"去感动他们。他是这样说的，也是这样做的。他的文章也的确是做到了。

江山如画皮，人生如梦遗
—— 李敬泽之《小春秋》

　　李敬泽的文字是玲珑的。是玉面玲珑，包了浆的，思接千载，神游万仞，八面威风，水润圆通。《小春秋》是一部才子之书，六经注我，我注六经，天地玄黄，宇宙洪荒，历史在他的笔底鲜活，千年智者披发当风，孤独求败，既轰轰烈烈，又灿烂淫靡，终不过，是江山如画皮，人生如梦遗——把历史读成小说，把日子过成段子。非如此，便不能照见历史和人性的本相。

　　如今江湖之上，勇猛无畏挑逗撩拨历史者何其多也！《小春秋》腰封上那五行广告，从"百家讲坛"一直数落到过世的张爱玲她前老公，竟把庸、昏、奸、痴、娇几种模样唠叨全了。真乃"妖风"，"毁人不倦"

矣！商家急着卖，也不带这么比附的。

《小春秋》虽然形式上也轻快照人，然而却大自在中有大庄严，小得意里存小须弥。李敬泽虐浪笑傲，谈经论道，看似拈花摇扇，纵意恣肆，却于轻拢慢挑中随处留意，谨小慎微，苦心孤诣、孜孜以求，怀有国学大师钱穆所说对历史的"温情和敬意"。他隔了时空，穿过《诗经》与《论语》，越过《春秋》、《离骚》、《史记》、《酉阳杂俎》……会访先哲先贤，自由轻松与历史对话。"星沉海底当窗见，雨过河源隔座看"，李商隐的入道诗《碧城》，成了进入历史隧道的入口和出径。星沉雨过，海底河源，皆当窗可见，都隔座能看。"海底"与"河源"，蓦地，竟跳空高开，平起两个八度，在收口时拨了上去，系紧一根虚无完美的弦。义山诗那些繁缛的意象，竟不复隐晦与消沉，转而成一个当世者宏观世界与宇宙的气度和海拔。

每一代人都有自己对历史的解释和应答。《小春秋》或许就是我们这一代人心中的历史，是一代人的怕与爱，是对历史"不二法门"的生动的文学性表达。历史，在一位才情横溢的文学批评家眼中，纷纷还原成"人"的故事。人性尽情勃发与袒露，人性的强悍与弱点同样暴露无遗。从形形色色的历史纪事里，他探讨人类的道德底线（《那些做不到的事》），考量自由的限度（《独步可以舍我乎》），研究公共事务与私人事务的区别（《活在春秋之抱柱而歌》），同时也看到鲁迅所说历史"吃人"的本质（《其谁不食》）。他要努力探究，在没有宗教依托处，那些支撑人类精神的动力来源。从伍子胥过昭关一夜白头"两千年的孤独，三千丈的白发"里，他看到了英雄的孤独和力量（《伍子胥的眼》），从长期风行的历史悖论里，他更是无畏地为知识和知识分子正名（《当孟子遇见理想主义者》）："对于那些不管以劳动伦理名义还是以精神纯洁性的

书画阅读作品　孙　娜

名义，剿灭人类精神生活的人"，他要大声昭告，"任何一个人的精神活动，都终究离不开人要吃饭这个事实。他的思想、想象和精神是他在世俗生活中艰难搏斗的成果，即使是佛，也要经历磨难方成正果，而人，他是带着满身的伤带着他的罪思想着，思想者丑陋，纯洁的婴儿不会思想。"可谓铿铿嗒嗒，掷地有声！充分体现一个真正知识分子的担当与正义。

《小春秋》里的文字，枝叶纷披，妖娆妩媚，美艳绝色的形容词雕栏玉砌成深宫后闱，人走进去，乱花迷眼，闻香先醉，欲罢不能，后悔自己当初练了葵花宝典。看得出，这应当是作者一次比较愉快的写作经历，御风而飞，几千年的歌吟复沓过后，终于在一袭生命华美旗袍上捻出骚子。叽叽复叽叽，离骚复离骚。几千年的文人墨客也都像屈原的门徒，骚情，骚动，骚乱与风骚，薪火相传的才情气质终归涂抹不掉。

由于作者太有才，词藻过于绚烂圆润华丽，因而往往容易滑向边界，一不留神，就跑偏了——不是小沈阳的苏格兰裙裤没开裆开气儿的跑偏，而是观众眼力和理解力的跑偏。我的理解力就不太好，被他那汉赋骈文似的斐然文采撂倒以后，又踉踉跄跄爬将起来，从头检索，才能揣摩出他原本的端庄意义。也正是这种枝蔓缠绕交叉小径的热带花园繁景，才展现了文学家的纪事与史学家学术考据爬梳的不同，也才体现了文人读书笔记与精神思想史记的真正魅力。

小春秋，大般若。华严经说："譬如一灯入于暗室，百千年暗悉能破尽。"隔着"海底"，隔着"河源"，《小春秋》仿佛让人看到：彼岸，一群披发孤独者，正红尘万丈，月黑风高；此在，一人带发修行，并一灯如豆，倚天屠龙！

听莫言和库切谈诺贝尔文学奖

由中国作家协会在京主办的以"文学与包容"为主旨的第二次中国——澳大利亚文学论坛,无疑是近年来文学界的一次高峰论坛。除了有中国作协主席铁凝、澳大利亚驻华大使孙芳安及双方诸多著名作家参会外,2003年和2012年的诺贝尔文学奖得主J.M.库切和莫言的出席和演讲,也引起业界高度关注和赞赏。两位文学大师从诺奖的旨归、意趣,谈到社会对于文学的包容以及作家个人的写作动力,开诚布公,言辞恳切,颇给人以启迪。

73岁的库切儒雅内敛,精神矍铄。看得出,10年前的获奖经历对他已经淡如云烟。他纯粹以一个学者的方式而不是作家的思维娓娓道来,大胆假设，小心求证，从往届不同国籍风格的得奖作家身上，来推断诺奖的评奖标准及其兼收并蓄性。年方58岁新科状元莫言血气方刚，他诉际遇长慨叹，坦诚这半年来诺奖带给他的光环效应及巨大困扰，希望全社会尤其是业界和媒体能对他有所包容，让他继续按照自己的方式处世和写作。

　　二人的谈话，最后都归入"文学与包容"这个母题。库切说，诺奖的标准是颁给"表现出理想倾向的文学作品"，但也有一些并非表现理想的作家也曾获奖，例如2004年的耶利内克、2001的奈保尔、1969年的贝克特，他们的作品，或揭露社会陈腐思想，或驱使人们认识被掩盖的历史真相，或从贫困境地提升现代人的灵魂，"实际上，他们的作品都描写了社会的黑暗面"，库切以这句话戛然而止，以此来赞同诺贝尔文学奖的包容性和真正文学之心。

　　莫言则从个人的现实情境出发，坦然自己的写作动力和获奖后的感受。他说，每个人写作的动力都不是

书画阅读作品　一等奖　高娜

为讨好评委和奖项,而是"人类追求光明惧怕黑暗的动力使然,是作家认识自我、表现自我的愿望使然"。诺奖的根本意义是它的文学意义。它评价的是作家的文学成就而非其他。获奖的确给他带来巨大声誉,但是在我们这样一个并不十分懂得"包容"和"宽容"的国度内,也委实让他受到很大困扰。比方说那些群起骂他为"乡愿"之人;比方说那些以道德绑架方式让他捐款赞助帮助走后门之人。莫言最后拜托媒体告诉大家,他不会有"诺奖嘴脸",该怎么处世还怎么处世,该怎么写还怎么写。目前只想尽快回到书桌前写作,写出好的作品来回报社会。

从以上二位文学大师的言谈中我们可以品味出"包容"二字的深切含义。何谓包容?对一个社会而言,是要有海纳百川的气度;对作家自身而言,是要有厚德载物的胸襟。社会对于文学的理解,应该犹如诺贝尔文学评奖一样,不仅要包容和提倡那些体现正能量、表现出理想倾向的文学作品,同时,也要表彰那些揭露黑暗面、把人类从苦难和黑暗中提升到光明境界的作品。社会对于作家的包容,也应该是允许每个人按照自己不同的方式处世和写作,允许他们以多种多样的声音向世界倾诉和表达。唯其如此,唯有对作家和作品的充分尊重和理解,对文学的充分包容和解读,一个社会才是清明的和开放的,这个社会的形态才是正确和有益于人类进步的。

当人们谈论门罗的时候，我们在谈论什么

当人们谈论2013年的诺贝尔文学奖得主、加拿大女作家门罗的时候，我们在谈论什么？我们在谈论"逃离"，我们在谈论对于日复一日年复一年单调重复生活的厌倦、挣扎与反叛，在谈论对于在生活中规定角色的游离和抗拒，在谈论人们尤其是女人们对于命运和宿命的不恭、憎恶和背弃，在谈论梦与现实的距离，在谈论逃离之后究竟会无功而返、继续逆来顺受，还是叫一声"亲爱的生活"假装与生活和解？

"逃离"是门罗一生写作的重要母题，事实上也是她所生活的那个加拿大小镇上人们的真实处境。从古至今，由中而外，怀揣梦想的人们，谁

不在试图逃离呢？逃离当下，逃离现实，找到一个合适的端口进入梦境，于是，"画梦"和"造梦"就成为文学的巨大功用之一。门罗所书写的逃离的情境可以上溯到乔伊斯、福克纳和契诃夫。当然，从女性的文学创作谱系上，应该还有勃朗特姐妹的《简·爱》与《呼啸山庄》。她以对小镇人物的描写进而透视人类内心，揭示了人类生存的普遍境遇。

短篇小说《逃离》最能代表艾丽丝·门罗的写作主题。多年来，女主人公卡拉和她的丈夫克拉克在小镇上一直过着平静的生活，他们靠养马为生。有一天，卡拉最喜欢的一只小羊弗洛拉丢了，这让她感到很是伤心。无比郁闷之中，卡拉决定离家出走。邻居西尔维娅帮了她大忙。她坐上了开往多伦多的大巴，心里如释重负，想着今后可以永远离开那个难

书画阅读作品　优秀奖　肖　晖

以忍受的马厩和没事就爱冲她发火的丈夫,跟这样的丈夫在一起生活简直要把她逼疯了。大巴离家乡越来越远,她却心里开始变卦,望着窗外的风景开始想起克拉克的种种好来,想到了多伦多即将开始一段没有丈夫的独自生活时,卡拉崩溃了。神情恍惚的卡拉嚷嚷着要下车并打电话给丈夫说:"来接我一下吧。求求你了。来接接我吧。"丈夫回答她说:"我这就来。"结果她的逃离中途作废,最后无功而返,重新返回单调乏味的生活之中。他们夫妻和好,卡拉却再也不想见那位帮助她逃离的邻居西尔维娅。人性的无奈、脆弱、在追求梦境过程中的首鼠两端和无所适从,跃然纸端。逃离是主动的,回归也是主动的,从这一点更显示出人性的复杂性。

2012年底门罗的封笔之作小说集《亲爱的生活》英文版出版。这样的题目,乍看起来我们以为老太太要表示与生活和解。但是读过之后却发现,书里的故事仍然延续了她以前"逃离"的母题。《亲爱的生活》讲述了别离与开始、意外与危险、离家与返乡的故事。比如,第一个故事《漂流到日本》是这样开始的:"彼得把她的行李箱一拿上火车,似乎就急切地想要离开。"其他如《火车》、《科莉》、《亚呑森》主题亦是如此。在《亲爱的生活》最后四篇被归入"终曲"部分,是门罗具有自传性质的小说。从中可以窥见门罗成长与她的部分世界观。《亲爱的生活》里最后一段文字是这样写的:

> 母亲临终生病时,我没有回家看望,后来也没有参加她的葬礼。我有两个年幼的孩子,在温哥华没有人可以托付。我们几乎负担不起这趟行程,而且我的丈夫不在意这些繁文缛节,但何必责怪他呢?我和他想的一样。我们常说有些事情不能被

原谅，或者我们永远不会原谅自己。但我们会原谅的——我们一直都这样做。

看起来，这似乎也是一种"逃离"——逃离了给亲人送葬时的悲伤和哀戚。表面原因是因为贫穷、年幼的孩子没人可以托付、夫妻支付不起奔赴母亲葬礼的路费，内心里，还是因为有"逃离"的想法在作祟。因为某类人心中所具有的习惯性的"逃离"倾向，可以使他们甘冒人伦之大不韪，连一个最基本的底线都逃掉了。而一旦付诸行动，却又会万分自责，在痛切地自责过后，又能很好地找到借口纾解和宽宥自己——人性的卑劣和自私也在这里。这才是门罗最后这段话的意义之所在。

死者长已矣，生者当足惜。这是门罗的小说的"逃离"哲学。从"逃离"到向生活道声"亲爱的"，说的都是梦不足惜，活着才重要。梦终归是梦，逃离过、去追寻过了，便也罢了，最终仍得回归，回归现实，回归日常。无论过去、现在还是将来，当我们在谈论门罗的时候，我们一直都在谈论逃离。无所不在的逃离，正是文学能够赋予我们的一个通往自由和天堂的梦。

第六章
从"厨房"到"广场"

厨房(小说)

狗日的足球(小说)

遭遇爱情(小说)

橡树旅馆(小说)

午夜广场最后的探戈(小说)

厨　房(小说)

厨房是一个女人的出发点和停泊地。

瓷器在厨房里优雅闪亮，它们以各种弯曲的弧度和洁白形状，在傍晚的昏暗中闪出细腻的密纹瓷光。墙砖和地板平展无沿，一些美妙的联想映上去之后，顷刻之间又会反射回眸子的幽深之处，湿漉漉的。细长瓶颈的红葡萄酒和黑加仑纯酿，总是不失时机地把人的嘴唇染得通红黢紫，连呼吸也不连贯了。灶上的圆火苗在灯光下扑扑闪闪，透明瓦蓝，炖肉的香气时时扑溢到下面的铁圈上，"哧啦"一声，香气醇厚飘散，升腾出一屋子的白烟儿。莴笋和水芹菜烹炒过后它们会荡漾出满眼的浅绿，紫米粥和苞谷羹又会时时飘溢出一室的黑紫和金黄……

第六章
从"厨房"到"广场"

厨房里色香味俱全的一切，无不在悄声记叙着女人一生的漫长。女人并不知道厨房为何生来就属于阴性。她并没有去想。时候到了，她便像从前她的母亲那样，自然而然走进了厨房里。

这个夏天的傍晚，在一阵骤然而至的雷阵雨的突袭过后，燠热和喧嚣全被随风吸附而走。大地逐渐静止了。城市一枚火红的斜阳正从容地在立交桥上燃烧，一层层散漫的红光怡然飘落而下，照耀着一个在厨房里忙碌的叫做枝子的女人。女人优美的身体的轮廓被夕阳镶上了一层金边，从远处望去，很是有些耀眼。女人利手利脚无比快活地忙碌，还不断在切洗烹炸的间隙，抬头向西窗外瞟上一眼。夕阳就仿佛跟她有某种默契，含情脉脉地越过一棵临窗的茂盛玉兰树枝头对她俯首回望。

枝子的目光，也便跟着燃烧在一片红辉之中，润润的，柔柔的。

厨房并不是她自己家里的厨房，而是另一个男人的厨房。女人枝子正处心积虑的，在用她的厨房语言向这个男人表示她的真爱。

一条鳜鱼浑身被横横竖竖切了无数刀后，周身码放好了蒜片、葱丝和姜条，然后放进锅屉里热气腾腾地蒸着。卷心菜和河藕也油亮亮地沾着水珠儿洗好，与沙拉酱一起错落有致码放在盘子里边等待搅拌。水汽正顺着不锈钢盖子的缝隙慢慢地一点点往上溢起来。枝子停下手，幽幽地喘了一口气，转头偷眼向客厅里望了一眼。透过宽大明亮的钢化玻璃厨门，她看见男人松泽正懒散地绻坐在沙发上，一张报纸遮住了大半个脸。男人的身子、手、脚都长长大大的，T恤的短袖裸露出他筋肉结实的小臂，套在牛仔裤里的两条长腿疏懒地伸着，大腿弯的部分绷得很紧，衬出大腿内侧十分饱满，很有力度——枝子的脸突然莫名其妙地红了，浑身进过一阵难以自抑的幸福。她赶紧收回自己潮润润的目光，慌慌转回身去放眼观望窗外斜阳。

夕阳巨大的圆轮现在只剩下半个,它正在被树梢和钢筋水泥的建筑物奋力衔住,一口一口激情地往下吞吻。枝子的脸庞转瞬间又被烧红,周身辉映起一阵盲目的幸福。

我爱这个男人。我爱。

枝子在心里这样迷乱地对自己说。在这样说着的时候她的心里充满了羞涩。

枝子是被称作"女强人"的那种已然不惑的女人。爱情到了她这个年纪并不容易那么轻易来临。经过了岁月风尘的磨洗,枝子早年的一颗多愁善感的心,早就像茧子那样硬厚,那样对一切漠然、无动于衷了。多少年过去,一番刻苦的拼搏摔打,早年柔弱、驯顺、缺乏主见、动辄就泪水长流的枝子,如今已经百炼成钢,成为商界里远近闻名的一名新秀。

她这棵奇葩,将自己的社会身份和地位向上茂盛的茁茁固定之后,却偏偏不愿在那块烂泥塘里长了,一心一意想要躲回温室里,想要回被她当初毅然决然抛弃割舍在身后的家。

不知为什么,就是想回到厨房,回到家。

事业成功后的女人,在一个个孤夜难眠的时刻,真是不由自主地常要想家,怀念那个遥远的家中厨房,厨房里一团橘黄色的温暖灯光。

家中的厨房,绝不会像她如今在外面的酒桌应酬那样累,那样虚伪,那样食不甘味。家里的饭桌上没有算计,没有强颜欢笑,没有尔虞吾诈,没有或明或暗、防不掉也躲不开的性骚扰和准性骚扰,更没有讨厌的卡拉OK在耳朵边上聒噪,将人的胃口和视听都野蛮地割据强奸。家里的厨房,宁静而温馨。每到黄昏时分,厨房里就会有很大的不锈钢精锅咕嘟咕嘟冒出热气,然后是贴心贴肉的一家人聚拢在一起埋头大快朵颐。

第六章
从"厨房"到"广场"

能够与亲人围坐吃上一口家里的饭，多么的好！那才是彻底的放松和休息。可她年轻气盛的时候哪儿懂这些？离异而走的日子，她却只有一个简单的念头：她受够了！实在是受够了！她受够了简单乏味的婚姻生活。她受够了家里毫无新意的厨房。她受够了厨房里的一切摆设。那些锅碗瓢盆油盐酱醋全都让她咬牙切齿地憎恨。正是厨房里这些日复一日地无聊琐碎磨灭了她的灵性，耗损了她的才情，让她一个名牌大学毕业的女才子身手不得施展。她走。她得走。说什么她也得走。她绝不甘心做一辈子的灶下婢。无论如何她得冲出家门，她得向那冥想当中的新生活奔跑。

果真她义无反顾，抛雏别夫，逃离围城，走了。

现在她却偏偏又回来了。回来得又是这么主动，这样心甘情愿，这样急躁冒进，豪无顾虑，挺身便进了一个男人的厨房里。

真正叫人匪夷所思。

假如不是当初的出走，那么她还会有今天的想要回来吗？

她并没有想。

此时她只是很想回到厨房。回到一个与人共享的厨房。她是曾经有过婚姻生活，曾经爱和被爱过的人，比较明了单身和已婚的截然不同。一个人的家不能算家，一个人的厨房也不能叫做厨房。爱上一个人，组成一个家，共同拥有一个厨房，这就是她目前的心愿。她愿意一天无数次地悠闲地待在自家的厨房里头，摸摸这，碰碰那，无所事事，随意将厨房里的小摆设碰得丁当乱响。她还愿意将做一顿饭的时间无限地延长，每天要去菜市场挑选最时鲜的蔬菜，回来再将它们的每一片叶子和茎秆儿都认真地洗摘。做每一顿饭之前她都要参照书上的说法，不厌其烦地考虑如何将饭菜营养搭配。慢慢料理这些的时候，她的心情定会像水一样沉稳，绝对不会再以为这是在空耗生命和时间。纤纤素手被洗菜水浸泡得指尖红肿、关节粗大，她也不会再牢骚埋怨。她希望她的心情就那样像水一样，温吞，空泛，温吞、空泛地在厨房里消磨时光，什么外面争斗的事情都不去想。她愿意看见有一两个食客，当然是丈夫和孩子吃着她亲手烧的好菜，连好吃都顾不上说，直顾低头吃得满嘴流油，脑满肠肥。

脑满肠肥？一想到这个词，枝子就不由得偷偷地笑了。

她真的是不想再在外面应酬做事，整天神经绷紧，跟来来往往形形色色的人虚与委蛇。不知为什么，她有些厌倦人。名利场上各色各样的人：卑鄙的、龌龊的、猥琐的、工于心计的、趋利务实的人……看都看得她眼花了。整天的与人打交道也快把她的神经折磨垮。她想返身逃逸，逃到没有人的地方去。而厨房就是她最后的避难之所。

厨房对她来说从来没像现在这样亲切过。她从来没有像今天这样对厨房充满了深情。

炉上的不锈钢精锅冒出袅袅热气。枝子的想象也随之袅袅。太阳就在她缥缈的想象里一点一点落到树梢下面去，落到她想象的尽头。那个长胳臂长腿的男人松泽看完了报纸，起身抻了一个懒腰，慢慢腾腾挪到厨房里来，再次问枝子需不需要帮什么忙。枝子听到男人满怀关切地问候，赶忙满心欢喜地连连说："不用，不用。"今天是这个男人松泽的生日，她想独立完成整个操作，让他尽情品尝一番她的烹饪手艺。

她为什么要主动向这个男人献艺？献艺完了又将会是什么呢？枝子不愿意想，不情愿这样残酷的拷问自己。她愿意在心里给自己的自尊留有一点余地。该是什么就是什么。枝子在心里说。枝子只希望能是她所想要达到的那个。此时她真是觉着自己对这个男人有些过分俯就、甚至有些低三下四。因为照她素常里的做人态度，以一个商界女星的身份来说，对她前

第六章
从"厨房"到"广场"

呼后拥献殷勤的男人总是数不胜数。而她的鼻孔总是抬得很高,并且,暗中加着千倍的小心,很怕落入某些勾引利用的圈套。如今却这样巴巴地主动送上门来,可真是有些不好对自己的心解释了呢!

管它呢。随它去吧!反正来也是来了,还费力解释它干什么?

拖着长头发的高个儿男人松泽扎煞着两只手,在枝子身边围前围后转了两转,明白自己也实在帮不上什么。看来枝子对于今天的下厨是有过精心准备的,知道他这个单身汉的厨房里可能会七七八八的不全,所有的素菜、荤菜备料都由她亲自从外面带来。连烧菜用的油和醋等佐料,也全被她准备到了。甚至枝子还带来了围裙,柔软的白细棉布套头裙,腰间勒一根细带子,自上而下洒下一捧捧勿忘我小碎花。绵软的白裙贴在她身上,正好勾勒出枝子腰条的纤细。枝子的头发本来可以戴上与围裙配套的棉布帽,以免熏进油烟味儿。但她想了想,还是将帽子舍弃,将头发挽了几挽,然后向上用一枚鱼形的发卡松松一别,这样,她乌黑发亮的秀发就尽显在男人松泽的视野。

松泽盯着这个体态窈窕的女人,心里怦怦怦乱动了几动。当然,他是艺术家。艺术家面对美没有不动心的。他和她一直都算得上是很亲密的朋友,亲密的最初原因是枝子出资帮他举办个人画展的成功。从合作的愉快到亲密友好的交往,两人的关系大致上就是走的这样一个过程。但是,再友好,他也不敢说是劳动她的大驾来给自己庆贺什么生日,尤其是没想到她还要亲自下厨。这该是出乎意外且又让他承受不起的情分。

能有一个漂亮女人主动来家里给自己过生日,真是一个求之不得的美事情。男人一方面惴惴,觉得女人枝子给他的面子太大了;一方面又稍嫌累赘,觉得整夜晚在自己家里吃上一顿饭,太缺乏新意。艺术家,总是爱好推陈出新。就在枝子下厨期间,就有三四个女孩子的电话打来,邀他出去派对。他不得不柔声细语轻声回绝。与待在家里传统的吃生日饭相比，当然OK包间或派对沙龙里搂搂抱抱的扭捏抚摸更能激发创造力。但若从长远的角度看，比起跟那些小女崇拜者玩玩白相，跟女老板的关系处理好对他将来的用途更大一些。男人在考虑问题时，往往从最实利的目的想。所以他决定还是死心塌地，留在家里与女老板亲近感情。

这样心里边一踏实下来，男人也就专注移情于厨房中的枝子身上，渐渐从忙而不乱的枝子身姿当中体味到另一种情致。枝子的动作，熟练而静美，如一朵栀子花儿开放在氤氲的厨房香气中。植物烹炒的香气中夹杂的成熟女人的体香，熏得男人松泽有些想入非非。在不知道该从哪儿下嘴的情况下，他便懒散地一条腿以另一条腿为重心，倚在厨房门框上，一边静待时机，一边向忙碌的枝子身上乱抛多情的眼神。

枝子意识到了男人的注视，略微有些慌乱，不等春风吹绽，便先兀自欢颜，面若桃花的有些气短。她一面竖起耳根，悉心倾听男人粗长的呼吸，一面竭力命令自己镇定，尽量掩饰住狂乱心跳，将身体动作恢复成正常。她所企望的，不就是这个男人的这样一种目光吗？如今已经等到了，那么她还紧张什么？这么想着，她手里切菜的动作就有了几分表演性质。

厨房不大，容不得两人同时在里面转身，只要一动，就势必会发生身体上某些部位的接触。所以他们就在各自位置站着，口里还要间或说上几句哼哼哈哈应酬话，身体里却不免都暗暗生出几分紧张。主要是男主人还没有拿摸得好女老板的意图。松泽虽说已是风情老手，但在从来都很端庄的枝子面前，毕竟也是不敢造次，不知道她想要他做什么，要他做到什么程度。他还时时没有忘记她是投资人。所以他只是听之任之，一边散漫无际地调着情，一边还要暂时做出温文尔雅。这种孤男寡女同一屋檐独处的情境，终归还是需要有一些半真半假调情意调的。不然，艺术家就显得太不艺术，太寡淡无味了些。

而女人枝子也还没想好该如何开始。她也很希望能有一些情调，并且，最好由这情调本身给她一个循序渐进、顺理成章、水到渠成的过程。她倒是很希望示爱能由松泽一方主动开始。可一旦他真的主动了，说不定她反而会变得厌恶他，拒斥他。见他站在原地兀自不动，她不禁有些既希望又失望的心理。她看上他，经营他，是看中他的画风里的野气和灵活。后来单相思瞄上他，也是因为在相处过程里发现他已将这野气和灵活全然融合、发挥殆尽，在各种场合都圆熟，灵动，洒脱，很符合她眼里真正艺术家的气质。她以为四周围到处都是被文明过分文明化了的衰人，他的画里未曾泯灭的人类远古的粗犷之气，还有与神明相通的灵性。而这一切，正是她内心所深深需要的。

在女老板的得力赞助经营下，松泽果然就大获成功且声名远扬。而她则以画推人，认为理所当然人如其画，画如其人。她便因此而爱上了自己的经营品。

两个身体持久的紧张让他们都有些承受不住。枝子在男人松泽的目光里已经汗流浃背。假如还没有进一步的动作，却还要这样无谓地僵持下去，枝子的细腰简直就要绷断了。她不停地用眼角余光扫射着身旁男人，脸蛋儿烧得厉害，肢体以一种柔和的弧度微微向他倾斜过去，那种身段中分明表示着一丝丝鼓励、期盼和犹豫不决。男人在承受温软的肉体倾斜过来的弯度同时也同样是犹疑不定、优柔寡断。他的身体不易察觉地晃了两晃，终于什么也没有能够做得出来。

就这样又沉默了一会，枝子的手指在水盆里游动时漫不经心地挑起"哗哗"的水声，听起来略微显出了一点烦躁。过分的紧张和犹疑终于把松泽自己调情的兴致破坏了。松泽说了一句："我去布置餐桌"，借机急忙把自己从厨房打发开。

　　枝子的身体这才有空隙松弛下来。她抬起胳膊肘悄悄抹了一把头上的细汗。松泽到厅里叮哩当啷地去拿碗筷、摆酒，布置餐桌。餐桌就由一个矮脚茶几临时串演。画家的客厅里一切当然都不正规，几个绣着花儿的软垫子散乱地扔在手工绘绣的波斯地毯上，床铺比正常人的矮去半截，只由一层席梦思垫子铺在地上充当。靠墙的一圈转角水牛皮沙发无比宽大，舒适，倒仿佛画家的一切日常活动都要依靠在沙发里展开似的。

　　松泽把枝子买来的油蜜蜜的生日蛋糕摆在桌子中央。巧克力奶油在灯下沁出浓浓的甜色，样子极其诱人。松泽盯着蛋糕上的奶油想了几想，终究也没想出个子午卯酉来。到现在为止他的另一股情绪并没有得到完全的调动，行动中仍旧有一些惯常与枝子交往时候的应酬色彩。"另一股情绪"当然就是他每每见到来为他献身的崇拜艺术的女孩子时的，那种身体内部的骤然启动，那种非要把一个回合进行到底时的狂乱和野性。说来也怪，他这样野气狂生的时候，竟然没有一次是不得逞的。

　　可现在他的身体里却分明缺乏这种感觉。怎么回事？这究竟是怎么回子事呢？松泽暗暗为自己的身体担忧。他并不明了，一旦有了身份和功利的意念，一切就都不好玩了，连一点点肉体的冲动都不容易发生。松泽坐下来开启酒瓶，同时也散漫地回眼向厨房打量了一眼。玻璃厨门内的枝子似乎也已料到自己的身影会牵动男人的目光，于是，弯腰投臂的动作都尽力跟他欣赏的趣味相暗合，不慌不忙，舒缓有致。光与影当中枝子的柔媚影像，正跟厨房的轮廓形成一个妥帖的默契。那一道剪影仿佛是在说：我跟这个厨房是多么鱼水交融啊！厨房因了我这样一个女人才变得生动起来啊！

　　而松泽眼睛里却始终是莫衷一是的虚无。

第六章
从"厨房"到"广场"

　　太阳这时已经完全落下去了。晚霞收起她最后一轮艳丽，渐渐沉没于幽暗之中。夜的幕布开启，一切的人与物转眼之间变得朦胧。灶台上的累累成果现在被移到了餐桌上，香气淋漓，色泽也炫目。紧张和等待了大半晌的松泽这会儿真感到体能被消耗得够呛，确实需要补充营养了。可饥饿之后见到琳琅满目的这么一大桌子，却又有了几分惴惴和惶惶，愈发不知嘴从哪里下比较合适。抬眼再望枝子，枝子这会儿已经面目一新地端坐在他对面，脉脉含情地抬头凝望他。忙完了厨房里活计的枝子没忘了到卫生间里隆重地整修了一下自己。她在眼圈周围细心加过了眼影，这样眼中就愈发布满深情。唇线也用唇笔淡描素抹而过。腮影要不要打上橘红呢？枝子思忖了一下，最后决定放弃。等到进入接吻的实质性阶段时，满腮满脸的厮磨，粉影多了容易弄成一团花脸。

　　脸部修饰完毕，然后枝子又从手提袋里拿出一套真丝晚装，换下了身上一进门来时穿的果绿色白领丽人套服。套服太呆板，僵硬，笨手笨脚，不太使人容易介入，而丝绸可就相对质感、也简捷轻快得多了。这些都是为今晚的爱情特地准备的。虽然烦琐，但在她满心都是甜蜜憧憬之时，也并不觉得有什么费周折。

　　再从房里出来时，枝子就已经是黑色真丝长裙飘逸，身体上最值得称赞的部位——修长的脖颈和光洁的臂膊全都从领口和袖口裸露出来，它们在灯下泛起象牙色的皮肤光泽。而没有裸露出来的部位正包裹在真丝绸的内部炫耀着它们的初始神秘，诱惑着艺术家修长的手指去一点一点开启。

　　松泽再怎么上不来情绪，也还是不免为枝子的这一身装扮眼皮跳了几跳。饱览美尔后再将其饱尝，本来就是他作为画家的特长。这时的松泽赶忙表示惊艳，表情夸张地一手扶杯，一手将握着倒酒的瓶子停在半空，眼含赞许地盯住枝子,仿佛喃喃自语地说:"唔,我的上帝!真漂亮,你真漂亮!"

枝子有些激动,又不好意思流露,只很含蓄地说:"谢谢。"说完便用眼光四下里斜了一下,思忖着自己该落座哪儿。松泽正很舒服地陷落在沙发里,把住了桌子的一方。枝子此刻也很想陷到沙发里去坐,跟松泽并排紧挨着……那样就比较方便多了。枝子脸一红,暗中瞬时一转念:可那样是不显得自己过分主动了呢?她又把眼光偷偷瞟向松泽。可恨松泽那家伙此时并不给她一个在身边坐下的台阶,他若是能拍拍身边的席位,再半开玩笑半正经地说上一句:"此处正虚席以待。"那么,她也就顺水推舟地坐下来了。可现在他除了假装惊艳,别的一点表示都不呈现。害得她只好溜溜地错过他的身边,绕到对面去,隔着一张桌子,带着好大的失望装出款款落座。毕竟,在一切没正式开始之前,她不愿意将身份失得太轻率。

红葡萄酒在高脚杯子里幽幽的泛情。顶灯、壁灯、落地灯都被男主人一盏一盏地熄掉,只留下烛台上几只红红的蜡烛闪烁灼灼。隐藏进棚顶四角的音箱放送出柔柔的软歌。那是一种从鼻腔送出来的哼唱,绵绵无骨地含在一管萨克斯里头。枝子姿态软软地给松泽一小块一小块切了生日蛋糕,将带有粉红色玫瑰花的那块儿送进了他的碟子,而自己只留一枚嫩绿色的奶油叶子。祝福的话语一说就落入了俗套,远没有喝酒更能展示出新意。枝子和松泽俩人就频频地碰杯,你一杯,我一杯,你再敬我一杯,我再还你一杯。看架势好像都要成心地把自己灌醉。

其实枝子才没想把自己灌醉,她只想借酒壮胆,把自己灌出几分将过程进行到底的勇气来。松泽暂时还没有想到那么多,他一边不辜负枝子的手艺,大快朵颐,一边还要腾出嘴,抽空把枝子的手艺表扬。那些称赞

第六章
从"厨房"到"广场"

的话语落到枝子的耳垂儿上便款款粘住不下，湿乎乎地受用动听。而枝子手中的筷子却难得一动。一来是厨师从来就吃不下经自己手做出的美味佳肴，二来嘛，枝子的心思也完全不在这上头。枝子的眼睛在酒的滋润下，酒汪汪，直勾勾地，几乎是目不转睛地盯着对面的松泽，盯盯地瞧着他咀嚼时腮帮肌肉的漂亮滚动，看着他对女人说赞美话的时候口吐莲花，满头的艺术家长发一甩一甩的，还有他四十多岁男人刮得铁青的富含魅力的下巴，枝子真是看得又怜又爱，脸蛋儿烧得要起火，连眼珠儿都滋啦滋啦地要冒出火星子来。

这个时候的枝子就有些恨，有些爱，有些无奈，有些牙根儿发痒。她就只好又恨又无奈地猛往自己嗓子眼里灌酒。她不知道松泽对她是怎么感觉的，反正是，直到了这会儿他还没有动作。她想他至少应该是提议跳舞，或者是提议做点别的，发挥出这种场合他惯用的技巧和手段，找个恰当的方式，让亲密和爱意的身体接触有个自然而然地过渡和衔接，而不要显得太雄起和突兀。总不能就这样整个晚上待在一个位置彬彬有礼固定坐着吧？可他为什么不提议呢？难道这还要让我一个女人家来提议吗？

他还要让我怎么样呢？枝子想。该做的我都做了，我再也越不过我这个年纪的矜持和自尊。她想自己无法保持长久期待状态，得不到满足的期待是持续不下去的。

枝子就愈发独饮自斟，把自己喝得眼神和身态都酒汪汪的。

松泽没边没沿摇头晃脑夸赞了半天，稍一停顿下来时，才发觉耳朵里却只听见自己的话音，对面枝子连一点回声都没有。他赶忙伸手去给枝子斟酒，借这工夫用心往她脸上觑了一眼。却见枝子那里，正在拼命用她的眼神织网。枝子的眼神都快要不行了，温软黏稠，密密匝匝来来回回缠绕在他身上，直把他锁困在情意里头，只要他一挨上，就休想再挣得脱。松泽的心一软，身体一晃，酒就有点对不准杯子口，"哆"的一下，一大半都洒到了酒杯外头。

枝子端起顺着杯沿儿滴的酒，摇摇晃晃起身，说："来，我们为今晚干杯。"

松泽说："好，为今晚干杯。"

没等松泽的杯子递过去，枝子的杯子却直伸过来，摇摇欲坠地往他的酒杯上碰。但却因为目标不准，杯子直探向他的怀中而来。松泽下意识伸手一搪，"噗"，一杯酒碰洒，全洒在他的T恤和裤子上。

枝子慌忙说声："对不起，对不起。"松泽说："没关系，没关系。"说完回身要找东西去擦。枝子忙说："我来，我来。"说着就晃晃地伸手把他拦住，又晃晃地起身，慢慢鳖到厨房里，找来抹布和纸巾，欲替他擦拭身上的酒滴。她从厨房径直过到他的身旁，倚在沙发上，不等他客气拒绝，曲下身，半蹲半跪倚下去，伸手替他在裤子上擦。他就姿势艰难地曲在沙发上承受着。她现在已经跟他靠得这样近了，她的头发已经刮着了他的下巴，他们的身体也几乎完全要贴上，她已经闻到了他身上的体香和酒香。她这时在半晕半醒的脑子里划过一瞬间的迟疑和恍惚：要不要就势投到他的怀里去？

但是就在她这样稍一迟疑的时候，那个可以自然而然投怀送抱的两秒钟已倏忽而过。过了这个时间差，再想要投入进去就显得生硬，扭曲，动作之间的衔接就不紧密、不准确。

恋爱真是不可以用脑子的，只听凭本能去行动就行了。她想。恋爱的时候脑子真是多余啊。她想。她这样想着的时候心里边说不出有多么的沮丧，沮丧得简直就要流出眼泪来了。

还好，就在这当口，一双热乎乎的大手终于伸了出来，温情地顺势将她揽了过去。再不将她揽过去，可就真有些说不过去了。松泽想。松泽就这样做了一个顺水人情，顺势揽过了枝子的腰，让她靠在他身上。枝子听到了男人有力的心跳。她将头紧紧贴在他前胸上，闭着眼，两行委屈的泪水顺着眼缝悄悄流出了一点，但她没有顾得上去擦。她的身子这会儿全软了，软得一塌糊涂，什么也动不了。直到这会儿她被男人搂进怀里，这才觉得所有的骨头立刻都酥化，所有的矜持的铠甲也都立即崩塌。这会儿她想，她只想，我爱这个男人，我爱。跟我爱的男人在一起，这就行了。行了。

男人搂着一个没有骨头的酥软肉体，自身也不免迅速膨胀，酒和本能混杂在一块儿，热辣辣地开始发酵启动。他用力抬起紧贴在他胸口的脸，急速地将嘴唇凑了上去。她那滑得像缎子一样的皮肤，嘴唇在哪儿也站不住

书画阅读作品　优秀奖　田明确

脚。他忽然觉得有点咸，稍稍睁眼，推开了一点一看，女人流泪了。泪水顺着鼻梁两侧往下流。他忽然受了莫名的感动，重新将嘴唇贴上去，从眼睛一点一点地往下滑，先是吃干了她的泪，然后将吻落实到她的嘴唇。开始她还有几分矜持，昏昏之中还知道把嘴唇结成一条线，不给他以进去的机会。男人见状手段更加老道，一边吻着，托在她后背上的手还在不停地抚摸，一直抚到她在他手掌里马上就要瘫成一汪水。男人见火候已到，这才缓缓将她抱到沙发上，伸出满是触角的舌头，用力触探上去。果然，女人一双滚烫的红唇，立刻蚌一样张开，她不假思索，一口贪婪吸住了他的舌头。

男人立刻就被火辣辣地舔了进去，任凭怎样也抽脱不出来。这时他才晓得了她这一吸的厉害，不是温热，不是柔软，而是一股狠劲，一股不要命的劲，真是恨不能把他的整个生命都吸吮下去，恨不能立即吊在他这棵树上摇晃死。男人领受不住，慌忙将身体稍微挪开，用力摇动出舌头，只剩舌尖在她的口里到处触碰，毛茸茸撩拨，却不敢在一处固定，不再敢让她有踏实吸附的感觉。

这样在肉体上用力调度她的同时，男人脑子里还在先惊后怕地想，不得了，真不得了，这个女人，不要命的女人，简直要把我玩死了。松泽他曾跟无数个女人玩过这种把戏，十分知道吻与吻之间的区别，些微的差异都逃不过他舌尖上敏锐的触觉。好玩好散的那些女人真是没有这个样子接吻的。她们吻得非常轻飘，愉悦，吻得蜻蜓点水，心猿意马，风过水面打个唿哨就走了，接吻通常都是向床上靠拢的过门儿小调。她们哪能像现在这个女人一样玩得沉重，死命，执意，奋不顾身，吊在他的舌头上，拼命想把他抓牢贴紧，生怕他跑掉了一般。他忽然间心中一动：莫非她是很认真，真的是跟他动了真情？她今天的表现，好像有点不大对劲啊！她为他所做的一切，她的所有厨房语言，好像都在向他示意：她愿意做他这个厨房的女主人，她是做他这个房间女主人的最好人选……

一意识到这里，男人火烧着的身体"忽悠"就打了一个激灵，热度瞬间就冷了下来。原来女人是认真了。这会儿他忽然明白了女人今天不是来玩的，女人今天是来认真的。女人今天来的目的性非常明确。她想要的是结果。她可不光光玩的是情调，而是想要一个实实在在的结果。从她的接吻态势上他已经就品味出来了。她的那些厨房用语的艰苦卓绝，无不在表明一个实实在在真的心迹，直到这会儿他才把她破译开来。

男人突然间感到懊丧。男人的这份懊丧一下子就灌满了他自己的周身，让他刚刚膨胀起来的身体很快就软化了。真不好玩儿。实在是不好玩儿。他能领受假意，却要拒绝真情。他不愿意有负担。在这个人人都趋功近利的时代，谁还想着给自己上套，给自己找负担？尤其是对于他一个艺术家来说，更不愿有任何形式的羁绊。家庭责任也好，社会义务也罢，能躲的就躲，能逃的就逃，能推脱的就推脱。他松泽卖画的税单，都是被逼无奈被税务部门找上门来才交的。他难道还会在他事业最火暴的时候，去选择接受她，会把一个女人当老婆娶到屋子里来养吗？那样的话他的自由和无羁还怎么体现？

谁说女人只是情感动物，比男人缺乏理性呢？女人一旦目的起来，比男人一点也不傻，也不逊色。关键是她选错了人，挑错了对象。艺术家松泽他一点都不想有什么负担，一点都不想去对别人负责。白玩可以，动真格的却不行。她想依赖上他。可他偏偏不是个愿意被依赖上的人。他不愿意有负担。男人跟女人的想法不一样，从根本上就不一样。若说假意嘛，他可是随便乱施得多了，还挺自在、安全，挺幸福的；若论真情的话，他画家松泽除了对他自己，对他自己的名和利以外，就再也没对谁真情过。

他不怕玩，他就怕认真。以假对假的玩儿，玩得心情愉快，彼此没有负担，同时毫无顾忌。以真对假的玩儿，那就没法子玩儿了。以真对真就更不能玩儿了。

但是他又不能猝然把这一场游戏结束，装作冷冰冰的拒绝。得罪一位对他有用的女出资人，怎么说也划不来。况且他一贯以怜香惜玉著称，在一位风姿绰约的女人面前也不能显得太缺乏风度。再说，跟一个漂亮女人做一场稍微有一点危险的游戏，有什么不好？在悬崖边上玩儿，才会来得过瘾，比平常有刺激。再怎么说，他也不至于被她强奸成婚吧？

等到漫长的拥吻过去，女人感到心力衰竭，停止吸吮睁开眼睛时，见男人却口里噙着她的双唇在注视她。两个人的脸离得这样近，以至于一瞬间都在彼此的眼里变形。女人感到不好意思，急急避开他的打量，低下头，将脸埋在他的胸里。男人就像理顺一个小狗一样抚摸揉搓着她的后背和头发。她也就顺势连人带衣服绻进他的怀里做小狗依人状。她闭上眼睛，默默享受着吻后余晕，觉得这心情总算有了着落，爱情也有了着落。对女人枝子来说，能够进行到这一步是多么的不容易，不容易啊！她却哪里有暇猜想，这样的逢场作戏，男人松泽他究竟经历了多少。作为一个男性艺术家，他跟周围那些崇拜他的女人滥情滥得，简直都快要滥不起来了。

沉浸在自己一厢情愿爱情中的女人枝子并没心思去猜想这些。沉浸在不惑爱情中的女人可真是了不得。女人热情似火，稍微给她一点暗示就可以扑上来，又啃又咬，真正像只发情的猫。男人沉着应付，以手指的圆熟技巧来对抗她的目的性，饶有兴味地应付着这场追逐。一旦明晓了女人的目的性，男人的身体立即褪了激情，但他的另一份兴致却被点燃起来。现在他虽然置身其中，但却又像抽身其外一样观看着一场情戏的上演，有点像一个把持全局的导演在陪练一个女演员。他已将她的真情当作了好玩儿的事情。他还很有兴致再看一看，再陪练陪练。他发现自己倒也是很能进入角色嘛！

男人松泽暗中就很有些为自己得意。

而女人千娇百媚，女人此刻正沦陷在激情里不能自拔。女人的脸蛋已经燃出了大火，非要把他和她自己焚成灰烬不可。女人将红葡萄酒跟他一口一口嘴对着嘴含喝。女人偎在他的怀里，将紫红的蛇果拦腰横切，又在每一半边上都细细刻出锯齿形的牙边，然后两人像小老鼠般将锯齿牙边一点一点地啃啮，咬到最后就是嘴唇跟嘴唇的会合，两片肉体贴在一起狂吻热舔。女人的一切小把戏松泽都来者不拒，含情承受。但是他从不主动往下探索，他的手只是隔着衣服揉捏着她的乳房，然后再摩挲在她的细腰上，尽情挑逗撩拨，接着他就停滞不前，决不打探她那开叉很高的绸裙里面的内容，就仿佛他是真正的谦谦君子似的。

这样女人就不知是什么意思。她把自己频频的发动却得不到最终结果，女人简直都快要对自己失去最后的信心。难道是自己的魅力不够吗？女人在焦灼之中困乏的想，只要他一暗示，一有要求，她就会给他的，毫无保留地全部给他。她太想对这场爱情有一个切切实实的体认，太想要一个他和她定情的深入纪念。但是男人却偏偏就不予以满足，让她更百倍地煎熬和难受。情急之中她就更主动，更狂烈，更以丝绸的质感攀附缠绕在他身上，让他动作松懈不得。他也就紧紧用嘴唇将她的唇吻咬住，手掌忙不迭地将她身姿把玩戏要，极其愉快地观察着她表情的每一点变化，就像一个衔笛起舞的印度耍蛇者。

这样玩着闹着，几个大起大落下去，不知不觉，夜已经深了。当女人又一次滚倒在他的怀中，沉醉于他中音共鸣区的声情并茂时，却听得他咬着她的耳垂，以一种湿漉漉的舌音在耳边叮咛："嗳嗳，你看，已经两点钟了。我该送你回去了。"

女人一愣，像没听清似的，手臂从他脖子上掉下来，呆呆地仰起脸来看着他，两只盈满秋水的大眼睛里露出迷茫。回去？什么回去？为什么要回去？他这是什么意思？是在下逐客令吗？

女人的思绪半天没有回过神儿来。她的自尊与自信受了格外地打击。这是怎么回子事？难道这个样子就算，完了？他这个态度表明的是什么？

可是她能说不走吗？她能说主动要求留下来过夜吗？那样她成什么了？

男人却根本不顾女人情绪的空顿，不由分说，起身离开她去衣橱里取外衣。男人的这一动作果断、坚决，不容置疑，不容商量，仿佛在用他的形体语言在提示她：他并无意于接纳她。他已经玩够了，不想再继续玩下去。他对她已经够负责的了，耐心陪了她一个晚上，且还让她匆匆的样子，并没有说对她始乱终弃或者多做别的什么。

女人看着眼前的一切，巨大的失落和自尊，让她的胸脯急遽起伏着，面部表情剧烈扭曲，半句话竟也说不出来。但也就是那么简单的一刹那，她就立刻止住痉挛着的眼底肌肉，突然变得满脸盈笑，用手指撩了撩额前的长发，装作满不在乎的样子，极其大度极其平静地说："好吧，我先来帮你收拾一下碗筷。"说话的语调，就仿佛她已是情场老手，对于这样的逢场作戏已经司空见惯，仿佛她真的纯粹是为给他过这个生日，为他做一顿生日晚餐而来。并且她还要做得善始善终。

不等男人阻拦，女人便大幅度地行动起来。她的动作幅度很大，有些不正常地难以自抑的夸张，大声问这个东西该放哪儿，那个碟子该放哪儿。她手脚麻利地将所有的东西都归拢好。然后又进卫生间补了补脸上被接吻弄乱的晚妆。接着她表情平静地出来，顺手拎起厨房地上的垃圾袋，对着厨房门口那个看得有些发怔的男人平静地说："走吧。"

树叶在夜风中哗哗响着，冷露提醒给人以无法遮掩的幽凉。枝子不由在风里打了一个寒战。男人讨好地上来，又殷勤地搂了搂她的肩膀。枝子不说话，任他殷勤着，浑身木木的，一点感觉都没有。进了车里，男人和她并排坐在后座上，车子一开动，他便无限温存地伸过手，将她搂靠在他的臂膊中。枝子不拒绝，也不回应，仍旧是麻木的，任他这样毫无意义地搂着。此时她才觉得一切都变得毫无意义。

车子悄无声息地在暗夜里滑行，滑得轻飘而又滞重。偶尔能见前面的车尾灯划出几抹窒息人的暗红。夜是干燥的。夜根本就没有潮声。她想。到了小区的楼门口，女人下车，男人也跟下来，假意跟她拥抱握别。握别完了，男人又返身低头钻进出租车，跟着车子往来时的路上走。女人目送着载着他的红色皇冠在夜幕中一点一点远去。毕竟，他还不是个坏人。她这样想。她愿意尽量往好的方面想。毕竟他还是有责任感的。哪怕这责任感只是在他最后护送她回家的这短短的一程。短短一程中的呵护和温暖，也足够她凭吊一生。

夜风猛劲地从楼门口吹了过来。女人的头发又乱了，几丝长发贴到脸上来，遮住了她的双眼。她抬手将发梢掠向脑后，无意间手指触到了脸上潮乎乎的东西。她转回身，扭亮的楼道里的廊灯，准备快速上楼。刚一抬脚，一大包东西碰着了她的腿。她低头一看，原来是厨房里的那一袋垃圾。直到现在她还把它紧紧地提在手里。

眼泪，这时才顺着她的腮帮，无比汹涌地流了下来。

狗日的足球(小说)

马拉多纳来啦！

柳莺的心里狂跳不止，拿着报纸的手无法自制地抖了几抖。马拉多纳，马拉多纳，哪个马拉多纳？难道真是那个被她崇拜得至高无上、满脑袋都是羊毛黑卷儿（中间还夹杂着一小撮精心染制的黄毛），小矮个儿，大脚模丫子，每一个脚趾头上都长着眼睛，传球永远准确到位，中场启动时风驰电掣，带球过起人来虎虎生风，从不黏黏糊糊逮机会抽冷子就射的那个长得卷毛狮子狗似的足球巨星马拉多纳？！

柳莺定了定神，把眼睛贴近报纸上那桢大幅的彩色照片狠狠地打量。

第六章
从"厨房"到"广场"

没错，没错，的确是阿根廷的那个马拉多纳。小马于7月25日要率领阿根廷博卡青年队来北京，跟国安队举行一场对抗赛。不会吧？不会吧？这怎么可能呢？柳莺心慌意乱地把眼睛从偶像粗糙的脸蛋上拿下来，心里边止不住地嘀咕：马拉多纳那么大一世界级球星，怎么会屈尊下降到这么个足球不甚发达的东方城市里来？

留校任教没多久的青年女教师柳莺简直要被这个突如其来的幸福给打晕了。有那么一刻，她甚至觉得脚底下的大地都有些微微的颤悠，周围的街景在她眼里全变成飘飘忽忽的，大马路上走来走去的人们就像蛇鼠出洞蚂蚁搬家，忙忙叨叨惊惊惶惶一派大地震前兆的唐山景象。还不时有光，一道紧跟着一道的白炽热光忽闪忽闪的在她眼皮内明灭，让她把什么都不能够再看得真切。柳莺把报纸紧紧地贴在怀里，迈着有些支持不住要往下瘫软的步伐往家里颠儿。七月汗津津的热风打在她的脸上、后背上，印满金黄色向日葵小碎花的吊带裙紧紧贴住了脊梁，沉浸在冥想之中的柳莺却浑然不觉，心正拴在充胀的热气球上徐徐地往上升腾，带着莫名其妙的渴望和憧憬，就仿佛马拉多纳不是为了200多万美元的出场费而来，而是专门冲着他的一个遥远的不知名的东方女性崇拜者柳莺而不远万里来到中国，并顺带着支持一把中国人民的足球解放事业。柳莺冲着马路牙子傻笑着恍恍惚惚一路陶醉着走来，一脸即将投入热恋情人怀抱即便被踩躏得粉身碎骨也在所不惜的潮乎乎的样子，家门口都走过身后好远了，她却没有感觉毫无知晓。

在被马拉多纳正式给启蒙之前，柳莺一直对足球感不起来兴趣。她不仅不是球迷，而且还应该算做比较典型的那种女"球盲"，对足球丝毫没有感应，一看见电视里踢球就特烦，握着遥控器劈劈啪啪把频道转换得直要冒火花。尤其让她见不得的，就是那些围坐电视机前看转播的男人，三五结群的，以各种最不雅的姿势乱七八糟而坐，身旁往往要堆放一整箱一整箱的啤酒，老头衫全都高高挽到肚脐眼以上，眼珠子瞪得酒汪汪的，嘴里螃蟹一样来回吐着啤酒泡泡，手指头一会儿抠着脚趾丫缝儿，一会儿忙着对电视里奔跑着的小人儿指指戳戳，还不时的粗话连篇，满脸潮红舌尖上不住翻卷着某个与男根崇拜相关的词儿，仿佛一群鸟儿同时染上了脏口。柳莺听得恶心，弄不明白他们这样集体兴致勃勃究竟是为了什么。

有那么一两回她也试图坐下来，想体会一下所谓"绿茵场上的鏖战"、"力与美的结合"什么什么之中的乐趣。可是，任凭她把眼珠儿都睁到了眼眶外头，除了瞅见二十来个小人儿可劲儿撵着一粒皮球，在几尺见方的电视框框里不停地跑来跑去外，就再也瞧不出什么来了。再回头瞧一眼观战的男同志们，依旧撸胳膊挽袖子"射呀！""射呀！"极其蓬勃地叫劲起急，柳莺一时间可真是迷茫坏了，傻呆呆地睁着她的一双丹凤眼，不明白别人都从电视里看见了什么，也弄不通自己的情绪为什么就高潮不起来。不知道是什么东西障着了她的法眼，使她不能够跟他们一道欢喜。

马拉多纳。马拉多纳。还真就是马拉多纳把她给启了足球蒙了。

1990年世界杯足球赛那会儿，她正跟她现在的丈夫、彼时的"未婚夫"杨刚腻腻歪歪地谈着恋爱。柳莺那时还没有从一次惊天地泣鬼神的与某位社会知名男士的婚外恋挫折中振作过来，她的青春和热情都已心甘情愿地被那人糟践得一塌糊涂。就在半梦半醒半死半活之间，盯人已久的这位老同学杨刚便以高超的过人技巧把她接住，随后便趁着她的精神不振、后卫防守出现漏洞时强行带球破门而入，活活地把她的禁区防线给突破了。事后总结经验时柳莺深深觉得自己这一局的防守失利太不应该，但是

第六章
从"厨房"到"广场"

攻进去的球毕竟也是不能够倒吐出来。两人在这场你来我往没头没脑的攻防战事里欲擒故纵拖泥带水的盘带着,都有些互为鸡肋但同时又慰情聊胜无。就这么着晃一过三、一退六二五的该射不射该传不传,不知不觉,离婚姻的无底球门一天天逼近了。

世界杯足球赛就在这种背景下恰逢其时的胜利召开。

已经被盘带过多的爱情折磨得显出些疲软迹象的未婚夫杨刚,立即全身心投入,一头扎进电视机里,像吃了类固醇兴奋剂似的处于甲亢之中自拔不出来。柳莺这才暂时从对方吊射垫射倒勾的无聊中得以解脱。杨刚那些天里抱着个电视看转播看得昏天黑地,所有的赛事他几乎看得场场不落,要么深夜不着家跑到别人家里聚众看球,要么把他编辑部的男同事领回家来围着电视里的球门集体扎伙儿,他们俩居于筒子楼的未婚小家里简直都成了免费放映厅,常常是人满为患,来晚了就找不到座。家里四周围的环境也被杨刚布置得颇具现场氛围,除了没设立赞助商的广告牌,其他的一切全都安排齐全。赛事日程表贴了一床头,碗架柜和冰箱上贴满了杨刚自制的各球队的积分排行榜,那上面还不时有红笔随时涂抹修订的痕迹。四壁墙上更是见不得了,原先柳莺挂的那些个风景画、时装模特、卡通娃娃还有一些木雕垂饰等物件统统都被杨刚摘掉,换上了清一色黑了吧唧穿大裤衩的一群群男人,全都在那儿横七竖八的踢腿、飞脚、下绊儿、生拉硬拽、仰面朝天。柳莺每天只要一睁眼,就得被迫面对满墙那一颗颗庞大的头颅和一根根粗糙的大腿。气得柳莺大喊大叫,扬言要把那些个破球星统统扯去烧了。

杨刚一听,急了,赶忙张开不太够长短的双臂紧张地护住一面墙说:"宝贝求求你了,宝贝,给我点面子,咱当一回球迷容易吗咱?怎么也得正儿八经地做一点样子给别人看看哪。"

柳莺说:"哎哟喂!合着你当球迷都是给别人看的?不行!你趁早都给我摘下去,别弄得我天天睡觉做噩梦。"

杨刚双手合十抵在胸前喵喵地恳求说:"就这几天,就这几天行不行?等杯赛一结束,我立马就摘,立马就摘。"

柳莺看他那真真假假的一副可怜样,懒得跟他磨缠,只好暂时做一次妥协。

这下可倒好,经他这一布置,筒子楼里的单身汉们被招到家里来得更多了,还有一些已经娶完了媳妇的,也是在家里过完上半夜、把自家女人拾掇完毕以后,又在零点钟声敲响时准时披星戴月大老远地骑车赶往柳莺他们家里报到。柳莺心说这些人看球这么兢兢业业,图什么呢?杨刚则对他的球迷战友一律虚门以待,早早预备下啤酒并在地上用砖头摞起一个个加座。来人不停地对杨刚的室内装饰艺术进行夸奖,还假么惺惺地在他白面书生的瘦弱鸡胸脯上擂上几拳,以表示出一种同类之间的相互认同。杨刚这时就满意地龇出一口绵软的食草类动物犬牙嘿嘿傻笑个不停。

由于地球时差的影响,在西方举行的比赛,实况转播到东方中国来时通常已是下半夜。可这根本阻碍不了刚刚入港的球迷未婚夫杨刚。在柳莺的眼里,杨刚这时真就跟深夜闹猫似的,眼白儿倍儿绿,眼仁儿荧荧冒蓝光,光着膀子穿着大裤衩蹲在小板凳上(沙发高风亮节让给客人坐了),仿着一个标准球迷的样子,呷一口啤酒拈一粒花生米,看到忘情处喉咙里便发出一种低沉的颇类似于叫春的声音,被他招来的同伙们这时也一律地呜呜噜噜地嗓子眼里吭叽着欢实,啤酒瓶子烟灰缸可地的乱扔,仿佛猫群集体不负责任地爬上了别人家窗台。逢到这时候,未婚同居不成了的柳莺就只好被迫披衣坐起,悻悻地看着电视里电视外的一群阳刚族生物兴奋得乱蹦乱跳像要用脑袋撞墙,自己精心布置的小家被祸祸得跟猫食盆子似的。柳莺的气就不打一处来。她真不明白看一个破球何至于闹到如此？尤其是杨刚，一个在床上已经强弩之末香蕉球勾射不动了的人，此刻又哪里来的头槌本事？

　　侧身于球场与观众之外，柳莺带着一股局外人的无名怒火，忍气吞声地发呆冥想，想起走在大街上随处可见街旁小酒店里男人扎堆看球的情景，想到单位里男同事们一上班就疯狂侃昨夜足球的景象，想到他们老少爷们儿从正局长到副处长、从系主任到助教实习生，所有男人们在足球术语里打成一片、勾结成一团的紧密情形，再瞧瞧眼巴前这些精神头集中、嘴里边吐泡的男青年，转瞬之间豁然想通，足球原来是他们男人的世界语呵！人际隔膜的时代，他们就靠这玩意儿彼此聊以沟通，并一同遥想和追怀远古狩猎时代男子们追逐猎物、追逐女人、追逐

书画阅读作品　一等奖　刘明露

占有天地间万物的剽悍和辉煌。哪个男人若是缺乏了这门语言，闭上眼睛不能够瞎侃它仨小时，那他就会被摒弃在男性群体之外，简直就不配当个男人了，活活要遭人轻贱耻笑死。难怪像杨刚那样的白面书生也要拼命跻身于这个行列里呢！未婚夫杨刚那张强颜欢笑的书生小白脸上，不是明明写满了担心被逐出男团的内心恐惧、明明洋溢着要伤好归队的热切企盼吗？！

小可怜价儿的！

柳莺的目光再次透过窗帘向外望去，但见窗外万家萤火，整个世界但凡有男人的家庭里几乎都荧光粼粼，一片诡异。足球却原来是他们男人现世的灯啊！就是那足尖上蓬蓬燃烧的野性火舌，灼灼照亮了他们被文明矮顿的当下生活。或许也开蒙了他们的冥茫来世。

柳莺已经不忍心对杨刚和球迷客人们发火了，她觉得男人也真是活得不易，够悲惨的，在一粒小小的皮球上温习和寻找他们先前的性别。并且，他们多数人还连半点儿介入现场亲身一试的可能都没有了，只能是隔着一万八千里远的地方，团团围坐在几尺见方的电视机旁，透过一个小小的玻璃罩儿来集体进行回顾和留恋。唉，可怜哪！她还能说什么呢？且宽容过这几天，先回学校单身宿舍，把这一阵儿的足球杯赛坚挺躲过去再说。毕竟也是四年才能来一次，再硬它又能够硬撑到几时呢？

柳莺卷起她的几件换洗衣服，默默地起身离开未婚小家，回到学校的宿舍里躲清静。但是，让她万没料到的是，同屋的青年女教师邵丽竟也是一个真正的"假球迷"！邵丽不知从什么地方搬来了一台破电视，没黑没白地，把个彩电拧得连一点彩色儿都没有了，却还在荧屏前那儿不屈不挠。当然，最可气的也是最关键的，是邵丽总要领来热恋男友一道观摩。两人叽叽嘎嘎，手嘴并用，不时在底下寻找交换着共同动作和共同语言。柳莺这时便有些像球场上空的灯光一样，把一切不该暴露的细节统统照得尴尬。

柳莺这份气呀，倒首先把自己个儿给气糊涂了。她心说男人集体起哄架秧子当当球迷倒也罢了，雄性门类里头人人都是那副死样子，可这女人当球迷又是图个什么呢？一群乱跑乱窜的胡子拉碴穿大裤衩的汉子，可究竟有什么好看的？哪有赵忠祥的动物世界和鞠萍姐姐的动画剧场好看？就连"我爱我家"一类的贫嘴饶舌的肥皂剧，也比单调的球场射门儿动作要丰富好看得多。邵丽这人究竟是怎么回子事呢？没恋爱之前没发现她有爱看足球的毛病啊！

实在不好意思再当电灯泡了，柳莺只好灰溜溜地又重归苏莲托，返回自己那个乌烟瘴气的小窝。在众男客的包围之中，她这个女主人倒仿佛成了外人，没地方站没地方坐，受气包似的，不说话，也不看电视，蜷在沙发的角落里困得嘀哩当啷的睁不开眼睛，耳朵里依稀听得电视中传来球场奇怪的哨音，鼻子里闻着身旁一大堆男人的咻咻亢奋鼻息，以及汗味、臭脚丫子味，嘴里被动呛进致人迷幻的尼古丁毒气，在足球翻来覆去的抽射挑射拐射撅射里痛苦的捱着、熬着，以一种看客的悲怆，默默忍受着场里场外人们那种决绝的、歇斯底里般的狂欢和庆典。

亏得杨刚在假亢之余还想着抽空儿瞄一眼自己的媳妇。见到柳莺那等受难的样子，杨刚显得很有些过意不去，巴巴地很讨好地过来，蹑手蹑脚地把她的身子给扶正（通常他总是要把媳妇给揽到怀里哄着的，眼下碍着外人眼没好意思显露亲昵），轻声嘘寒问暖，又轻拍着她的脸把她给打精神过来，充满诱惑语气的鼓动说："别睡，别睡，这样睡着了会感冒。快睁眼，快看马拉多纳。马拉多纳出场了！"

"什么麦多娜啊麦多娜？"

柳莺把身子扭了几股，不耐烦地将眼睛翘出一条小缝儿，无精打采地乜斜电视荧屏。她原以为杨刚说的是歌星麦多娜,是那个美国傻女孩儿利用球场休息时间,要上场疯狂缺心眼地唱"我是一个处女,我是一个处女"了呢。可是,没有。荧屏上仍是二十来个小人儿在跑来跑去。柳莺很生气杨刚搅了她的假寐,可是当着外人的面不好打孩子,当着宾朋的面也不好跟未婚夫急眼。她只得失望地闭上眼睛重又吊儿郎当歪着头打瞌睡。杨刚急了,再次拍她的脸蛋儿:"好老婆,快睁开眼看看,马拉多纳,10号,中场发动机,世界级球星,不看要后悔一辈子啊!"

  杨刚很有些为柳莺的不识货而感到有些没面子。柳莺恍恍惚惚听得他叫了自己一声"老婆",耳朵里感到新鲜,她记得人背后他可从来都是"宝贝儿"长"宝贝儿"短的,现在在足球的激励鼓舞下,当着一大帮球迷弟兄的面,他竟然管她叫起"老婆"来了,无外乎就是想表示一种牛皮哄哄的版权所有不许翻印违者必究,挺大言不惭厚颜无耻的。柳莺想足球这东西看来是挺壮人胆儿的。给缠得万般无奈,只得再次睁开眼,把定不稳焦的散乱目光,晃晃悠悠飘向了电视屏幕上。透过重重尼古丁烟雾的阻隔,又透过二十来个乱跑着的小人儿的摇晃阻挡,柳莺终于勉强依稀分辨出一堆蓝色球衣中的一个斗大的"10号"来,然后又依稀瞅见了穿这件球衣人的大致外延。矮墩墩、圆乎乎的。哎哟喂,柳莺心说这人怎么这么矮呀!

  柳莺的第一个感觉是这人长得太矮了,从体貌上根本判断不出是个足球运动员,倒像是个被杠铃压瓷实了的搞举重的。在众多人高马大球员的包围拼抢当中,这人简直就是鸡立鹤群,显得如此娇小,羸弱,好像是有点处处受气,不堪一击的样子。柳莺怀着一种女性恻隐下意识地开始替这个10号担心。

  果然,那么多匹高头大马抓紧一切机会冲撞他,欺负他,伸腿,别脚,一个绊儿,又一个绊儿,推一把,又拽一把。扑哧,这家伙跌倒了,四脚着地像个乌龟,蓦地又一个俯卧撑立起来,带起球来继续朝前跑。没几步,扑哧,又给绊倒了,这次好像还没有完全倒地就一个前滚翻跃起来,脚下没球也继续往前跑。在一堵堵围墙似的壮汉的夹击堵截里,身材矮小的马拉多纳就像一粒球一样被踢,被卷,被绊。柳莺的心忽然间被他给牵得悬了起来。睡意顿时全从她的眼前溜掉,一种对弱者的怜悯让她把心格外揪着,紧紧盯着10号这个人看下去。吭哧,马拉多纳又一次被绊倒了,摔得可真够狠啊,连电视玻璃外头的她都听见了马拉多纳肌肤跟地相撞的沉闷的声音。柳莺的心里一沉,好像感到自己的哪块皮肉也被磕碰了一下似的,微微的有点疼,有点与被欺凌弱者的交感相通。眼见得马拉多纳又是一个滚翻跃起,腿儿一抬,球就敏捷地截到了脚下,刚一盘带,夸嚓,又被横过来的一个粗腿给撂倒了,咯吱,更刺耳的皮肤与地面摩擦声传来。

这哪里是在踢什么球啊!这只不过是在把人类的粗野明目张胆地合法化啊!柳莺愤怒了,挥起拳头举过头顶疯狂地喊:"野蛮!野蛮!"惹得周围男同志们都纷纷回头看她。但她这时已顾不得了,心全拴到马拉多纳身上,马拉多纳每被绊倒一次,她就不由自主地"哎哟"一声,整场比赛她就这么"哎哟"、"哎哟"的心痛惊呼不断。替弱者鸣不平已经要把她的嗓子鸣哑了。

就是在这次总共被绊倒130多次的杯赛上,马拉多纳终于赢取了东方女球盲柳莺小姐的芳心。柳莺眼睁睁地瞅着他在一吭哧一吭哧不断被绊倒之际,愣是用一种著名的马拉多纳式的摔倒和跃起,在两次绊倒之间的0.5秒的间隙里,伸出他那长了眼睛的脚趾头将皮球准确无误传到"风之子"卡尼吉亚金黄色的头顶,让一枚小球整个儿的洞穿了巴西的心脏。柳莺这时就跟场地边上那个穿露脐装、啃手指甲的漂亮巴西女球迷一样眼巴巴地看呆了！待到寻思过味儿来以后就是呜呜嗷嗷地大喊大叫，拼命跺脚、拍巴掌。

原来这就是足球啊！

柳莺感慨。不是感慨足球，而是感慨马拉多纳。一个叫"马拉多纳"的阿根廷小个子，借着"足球"这种游戏给人们演示了什么叫做个人魅力和偶像风范。她就这样喜欢上了足球。不，不是喜欢足球，而是借着"足球"这种体育形式喜欢上了在球场上踢球表演的马拉多纳。她对那些技术战术和打法名称至今一点都闹不懂，但这并不妨碍她继续去喜欢崇拜马拉多纳。只要有马拉多纳在场上来来回回不停地跑动，就够她的眼睛去顾盼追随的了。她就是爱看他在球场上总挨欺负的那个熊样，爱看他受了气也没脾气，一骨碌爬起来再接着跑的犟劲，爱看他摔倒着地时四脚八叉的乌龟样子，爱看他中场启动时突然爆发的狮子般的迅猛和敏捷，爱看他的质感的大腿，他的比手都好使的长脚板，他的毛茸茸的大眼睛，他的西班牙后裔的混血皮肤……

爱屋及乌，柳莺爱马拉多纳爱得自己都有点犯迷糊了。从那以后，但凡有马拉多纳的球必看，但凡有他的大道小道消息必要寻来一读。偶像个人生活的点点滴滴都被柳莺牢记在心里。马拉多纳枪击记者、马拉多纳吸毒、马拉多纳泡妞、马拉多纳被罚禁赛、马拉多纳拒不认私生子、马拉多纳声言退出足坛、马拉多纳再言告别足坛……马拉多纳真是糙人自有糙心眼儿，要么就是他背后有一个强大的智囊团，致使他像个演艺明星一样聪明不断地故弄种种新闻来爆炒自己，使他自己个儿永远成为世界球坛的主旋律和中心话语。在衷心热爱马拉多纳的女读者女观众女球盲柳莺那里，马拉多纳所有的这些缺点都成了他与众不同的特点，吸引得她愈发神不守舍魂不附体地崇拜到底。

这究竟是怎么回事儿啊？柳莺在对自己的行为无法进行意义明辨之后，便在私下里去找邵丽交换意见。邵丽那儿正拿一本足球书，从贝利、贝肯鲍尔、普拉蒂尼、马特乌斯、罗马里奥，到荷兰三剑客、意大利铁三角，以及"四三三"、"五三二"等翻书猛背呢。柳莺挺吃惊，说邵丽你真的这么喜欢足球吗？邵丽一听，小脖一梗梗地说："咳！谁他妈的喜欢这玩意儿！"

柳莺差点没给她这话噎死，瞪大眼睛，十分诧异地上前摸了摸邵丽的额头说："邵丽，邵丽你怎么了邵丽？是不是有哪儿不舒服？"邵丽一把拨开她的手说："没有没有，我好着呐！还不是为了能跟我们那位有共同语言嘛……"柳莺说："你们就有这样的共同语言啊？"邵丽说："没辙啊，他那边有着一帮子球迷发烧友，我要是不会侃两句，每逢他们一谈起来话来，我就得呆一边晾着。我这一切还不是为了就乎他，哼！"

"哦。"柳莺点头，"可也是。也是。""也是什么？"邵丽反过来追问说，"我看你最近也抱着足球杂志一个劲儿看，是不是也成球迷啦？"柳莺说："哪里哪里，我，我，我……我只是喜欢看看马拉多纳。"

邵丽一听："对呀！我也就是喜欢看看个别球星的长相，再看看他们奔跑起来时一颤一颤的肌肉大腿，你说像不像动物世界里的豹在追羚羊？"柳莺兴奋地说："像啊像啊！我也是特喜欢看他们跑动起来的肌肉和大腿，一滚一滚的，太有力度、太健美了！"

邵丽喜获知音，一脸眉飞色舞："哎呀，咱俩可算想到一块儿去了，平时我从来不好意思把这点告诉别人。哎，你说咱们能建议国际足联把球员的服装改成"三点式"，让他们场上多暴露一点吗？"

柳莺"扑哧"乐了，说："想什么哪你？那不成了耍流氓了？"邵丽说:"哎,哎,你看你看,这规矩立的可真不公平啊,只许他们看咱们,又是高跟鞋猫步又是比基尼脱衣舞的,咱们就不可以反过来欣赏享受一把他们?你说整个世界这场球到底是怎么个玩法?究竟是谁定的游戏规则?"柳莺说:"这……我倒还没想过。只听说秀色可餐,倒还没听说傻大黑粗也可以餐呢。"邵丽说:"照你这一说咱们更不知看足球是为了啥了。"

柳莺糊涂了,一时想不明白,也更加判断不清她和邵丽这类女人看足球究竟是纯审美的,还是男神崇拜型的,是女人"寻找"男人的努力呢,还是试图"加入"男性群体的努力。反正不管怎么说吧,也不管他们"足"的究竟是一个什么"球",总而言之,她是彻底喜欢上踢足球的马拉多纳了,从足球而喜欢上马拉多纳,又从马拉多纳而进入足球。

有谁知道呢,她的最初喜欢上马拉多纳竟是因为怜悯。女性对弱小的怜悯。

也正是从此开始,她知道了在足球场上,诸如给人脚底下使绊儿这类动作可以冠冕堂皇地称之为"铲"。下绊儿正式叫做"铲"。一切歹毒的粗野在足球场上都被赋予了堂而皇之的命名。

眼下,拿着"马拉多纳来啦"报纸往家赶的柳莺早已顾不上想什么了,从热辣辣天空中氧分子流动撞击里她已隐约体味到,一场偶像崇拜的狂欢已经迫在眼前。

北京的灯光球场永远是球迷们吃饱饭以后宣泄滋事的好地方。马拉多纳率领的阿根廷博卡青年队与北京国安队的球赛定于晚八点半开始举行,柳莺按捺不住心里的激动,五点半就扯上杨刚从学院路的家里出发了。这之前的一些天里她天天盯着报纸上的追踪报道看,生怕马拉多纳来北京的这条消息是假的,或者马拉多纳突然间改主意不来了,再或者是派一个假替身来。直到买完球票以后她还是有点惴惴不安。眼见为实,她得赶紧过去先睹为快。被她强拽去的丈夫杨刚的兴致看上去并不像她那么大,虽然杨刚已能将世界级足球明星录倒背如流,但显然并没有对哪一个球星显出发自内心的特殊爱好,无论别人议起哪位时他都能插上去侃几嘴,很滥情。相比之下,柳莺要比他坚贞得多。柳莺从一而终,一旦爱上哪位球星,就一竿子喜欢到底,决不中途有所偏废。

车子不好打,司机一听说去工人体育场,就摇头说不去,今晚儿马拉多纳来,六点钟蓝岛大厦那儿就戒严,车子不让左拐弯。柳莺一听,新鲜,敢情这马拉多纳来一次比国家元首来访问还隆重呢,提前两个半小时就戒严了。好说歹说,才截上了一辆"桑塔纳"。虽然对那几十块钱的车费微微有些心疼,但转念一想,400块钱一张的球票都买了,所有的球迷用具:小喇叭、V字形欢呼胜利的大手、望远镜、矿泉水、小旗帜、脑袋上缠的小布条等等两人也一应披挂俱全,哪还在乎再多花一点车费呢!有道是出血越多,爱得越深,记得越牢嘛!

稍稍有点遗憾的是,柳莺上午去球迷专卖店买V字形塑料吹气大手时,把颜色给买错了。她看着货架上一溜赤橙黄绿青蓝紫,选了半天,挑了平素喜欢的红色和蓝色的两个。把大手拿回家,杨刚下班回来一看就叫唤起来:"我说你这是想到球场上挨揍是怎么的?"柳莺不解地问:"怎么啦?"杨刚说:"你怎么能买红色和蓝色的?你这不是成心撮火吗?国安队的吉祥色是绿色的,蓝的是阿根廷队!连这点常识都不懂,还球迷呐你!"柳莺一听,也生气又挺泄气地说:"废话你!要不是为看马拉多纳,我大老远去买这破玩意儿?没有马拉多纳跟他们踢,我哪知道什么国安不国安的?"杨刚气得没办法,说:"拿着吧拿着吧!藏兜里,把气放掉,别轻易亮出来。"

坐上车,他们先拐到另一个球迷朋友崔巍家借望远镜。崔巍家有一个从俄罗斯买回来的前苏联高倍军用望远镜,听说他们要去看球,主动提出要借给他们。崔巍一边把望远镜塞到杨刚手里一边揶揄:"我说,烧包,你们!800块钱的看他?!电视里看转播多真切,还特写。"杨刚嘿嘿干笑,说:"嘿嘿,都是她穷张罗的,非要来不可。"柳莺嘴里没说话,心里头说,呸!电视里看转播,电视里看那还叫球迷啊?装蒜吧你!另外还有杨刚,也整个儿一"包装"球迷,混事儿的。

才不到六点半钟,工体门前就已经人山人海,看球的人缕缕行行,警察也缕缕行行,花插着凑在一起热闹。小喇叭呜哩哇啦叫,彩带儿满天飞飘,吆喝声叫卖声,很像村子里在赶一次社会主义大集。柳莺吃惊,无限感慨地说:"这么多人都来看马拉多纳?真没想到哇!这要是克林顿来了还只不定怎样呢。"杨刚说:"傻!克林顿来?小克来了也不过就是礼炮二十一响到头了,谁花好几百块去看他,有病是怎么着?""可为啥马拉多纳来了就惹人眼?""马拉多纳?马拉多纳代表的是世界顶尖级足球文化,而克林顿是谁?一国之总统尔。连这点事儿都想不明白还张罗着来看马拉多纳。不好意思,不好意思。"杨刚摇头晃脑。柳莺推搡他一把说:"去去,少跟我这儿犯贫。"

俩人说着往前走,走几步,就要被摊主们截住一道,死乞白赖推销他们各自手中的产品。大幅大幅的马拉多纳招贴画,马拉多纳蹲着的,马拉多纳站着的,马拉多纳跑着的,马拉多纳搂着两个女儿的。一看就是仓促印出来,套色套得花花绿绿,稀奇古怪。同时还有马拉多纳戒指,马拉多纳球衣,马拉多纳裤衩,马拉多纳球鞋……马拉多纳,马拉多纳!马拉多纳身上究竟有多少个卖点,让商家们炒作得如此忘乎所以?!

柳莺兴奋地在一个个贩子的摊儿前流连，一见到有关马拉多纳的资讯就狂热地收集，不一会儿就划拉了满满一大抱，满脸通红地颠儿颠儿举在杨刚面前显摆：

《北京青年周刊》封面是龇牙咧嘴腆胸叠肚欢笑奔跑着的马拉多纳，穿着蓝白条相间的阿根廷队球衣，左肩上扛着黑底红字和黑底蓝字：**取缔异性按摩之后　抢占中国汽车市场**　右肩上扛着黑底白字：**马拉多纳来了**！

《海内与海外》封面马拉多纳笑着比划着，穿着一身休闲服蹲坐桥头半截树桩上，头顶是蓝天辉映的红色大字：**且看今日中国土皇帝　来了，马拉多纳风暴**　在他的黑色软布面休闲鞋底踩着两行蓝白字：**世界旅游热中的浊流　日太子妃将接受人工授精**

《为您服务报》头版一整版刊登马拉多纳的报道，身穿蓝色球衣的马拉多纳通栏顶天立地，做目瞪口呆状，胸围上是醒目的紫罗兰色特号字：**球王？烂仔？**　右耳朵边上附有斗大的草绿色导语：**世纪末最后的足球怪物　迭戈·马拉多纳**

真来劲啊！柳莺的情绪已经完全被调动起来了。有多少个普通老百姓渴望着狂欢宣泄，渴望着把单调沉闷的日子捏出个响来啊！找到个爆炸的借口和由头不容易啊！柳莺此时浑身充满了想投入狂欢洪流、想加入喧声大合唱的急切。她在外头不停地上厕所，连续上完三次后，这才莫名激动地牵着杨刚的手，按票号找到了他们的入场口。兴致勃勃往里头进，把门那位一眼瞅见柳莺手里握着的矿泉水瓶子，打老远就大声嚷嚷："哎哎，不准带水！说你哪，你！还往里走，听见没有你？"说着冷不丁从旁拽了一把柳莺裙子的吊带。

柳莺一愣，本能地往后一躲说："干什么你？！"

把门的半大老头子说:"告诉你不许带水听见没有?"

柳莺这时被拽得有些上火,也不由地提高了嗓音说:"谁说的?哪儿写着不许带水了?"老头儿甩着一口圆熟的京片子:"看球不许带软包装饮料,明白不?"柳莺白眼仁儿朝上翻,说:"不明白。"死老头子说:"不明白就看看票后边印的说明。"柳莺也来了劲,把票翻转过来举到老头子面前:"你自己看,哪儿写了,有吗?"票后边的确是没写。可老头子仍在顽固:"嘿!我说你是想怎么着?看过球没有?"杨刚在一旁忙接过来:"没看过,没看过,我俩这是头一回。"臭老头子就坡下驴:"没看过?没看过就学着点。去,外头把这处理了再进。"

"以后把注意事项写明白点。"杨刚一边小声嘟囔着一边领柳莺退出门来。柳莺鼻子里"哼"了一声,心里边窝着一股无名火。怎么一切还没开始呢,就已经变得有点不对味儿了?悻悻地出去,把一大瓶尚未开启的矿泉水扔在一棵树下,空手返回。迎面二道门里穿安检制服的警卫正虎视眈眈。一个脸上抹得油光锃亮的四十来岁女人负责搜查柳莺。女人在柳莺的碎花吊带裙上转圈儿捏了几下,又令她打开蛇皮坤包,将一根电棍样的黑东西粗暴地捅了进去,又用力搅了几搅。柳莺的自尊心一阵痉挛,她勉强咬紧牙关,忍耐着。女人似乎觉得不过瘾,又将弯曲的五指直探进皮包,抓捣了几下,拎出一管儿玫瑰色口红来,拧开,摆弄了摆弄,扔回去。不尽兴,又进去,拎出一盒双色粉饼,打开,凑近鼻子底下闻闻,"啪"地扔回原处,似有些不耐烦。柳莺的忍耐还差一分钟就已到了极限。若是再耽搁一分钟还不放行,她也保不准自己会做出什么样冲动来。

为什么,一沾了球场边,就立即男人粗鲁女人变态了呢?柳莺的体内似乎有一股什么东西在翻卷涌动,抑制不住地想要往外涌溢而出,想喊,想叫,想骂人,想打架,想摆脱一切理性束缚,真真切切用自己的肢体干点什么，干掉点什么。此刻她血管里的血，仿佛已经不受自己中枢神经的控制，而是完全听命于自在，完全被球场辐射出来的"场"所辖服，一个巨大的、解放了的"场"，在辖服所有人的行为，撺掇着人们去与禁锢已久的文明作对。

待到柳莺和杨刚找好座位，在四周围一转圈铁桶似的警察包围中将屁股稳定在橘红色小板凳上时，什么马拉多纳不马拉多纳的，此时已经退隐到他们的思维意识之后去了，无比明晰的，是要自身宣泄的欲望正在周身蒸腾。1996年7月25日夏季傍晚工体上空渐聚起来的人气里，明晃晃浮动着一个巨大的氢弹般的信息：宣泄。渴盼已久的偶像崇拜仪式已经被急切想要自身宣泄的欲望所代替。马拉多纳这时只成为了一个仪式的由头和衬景，一切个人都急欲想亲身表演体验的躁动使球场的白炽灯光摇曳不安。放眼一望，密匝匝的，各看台上都已提前一小时布满了一层层跃跃欲试的微醺激动的人群，从660块钱到80块钱高低起伏不等。低头一瞧，马拉多纳领着他的博卡青年队此刻就在他们的眼皮子底下弯腰劈腿的热身。柳莺赶忙举起她的高倍军用望远镜筒一照，她那紧贴在凸透镜上的妩媚丹凤眼就转告她的心说，别指望了，上帝本来就不应该轻易降临凡间，偶像本来也不是可以拉近了看的。作家只有他写作时才叫个作家，球星也只有他带着球的时候才好看。身上没球时也就跟个自摸不和的相公没多大区别。上停。木着。

在领导讲话电视台采访小姑娘献花等等一系列有中国特色的社会主义序幕拉开表演完毕以后，裁判员一声哨响，"嘟儿——"一声，二十来个小人儿开始在场地上跑动。还没等看清谁是谁，"嘟儿——"又一声，阿根廷队进球了。巨大的液晶显示屏上亮出比分1：0。

寂静。发愣。大概有那么三五秒钟的沉寂后，看台上开始骚动，混乱，有一些声音响动传出来，不太明晰。然后，气流渐渐碰撞、攒聚，一浪接一浪，唾液的泡沫舔舐到一起，渐渐无比清晰，无比流畅，无比浑浊，无比恶俗，汇成一句话，汇成那一句话：

傻比尔！

柳莺懵了！傻了！呆了！她反应不过来，对阿根廷队的快速进球反应不过来，对场地上空渐近浮起的那一句话反应不过来。待到那句话又无比热烈、无比欢快、无比生动、无比愉悦众口一词再次响起：傻比尔！傻比尔！柳莺的心跳骤然间停止了，像是突然间被当众扒光了衣服，浑身战栗惊惧着赤裸。怎么回事？这是怎么回事？他们这是在喊，喊……什么？！难道真是在骂，骂……那个吗？！

此刻柳莺比不相信自己的眼睛更不相信自己的耳朵。什么意思？什么意思啊？他们怎么可以这样、这样……说得出口？日常里她也不是没听过粗口，缺知识少修养的人们随处可见，甚至就在她所供职的知识分子圈里，甚至就在丈夫杨刚不经意的怒气牢骚里，人类没进化好的那根尾巴骨时时都抖搂出腚后边恶臭操行。她已被迫司空见惯，且不得不麻木不仁。但是，她万万不能相信，此刻，在几万人汇聚的公开场合，几万人哪！几万人的粗口汇成一股排山倒海的声浪，用同一种贬损女性性别的语言，叫嚣着，疯狂地挤压过来，压过来，直要把她压塌，压扁。柳莺赧颜，她那颗无端受辱的女性自尊，羞怯地瑟缩着，无处躲，无处藏，不知道怎么办，不知道如何是好。在这突如其来的污损耳膜的脏音里，她的嘴大大张着，呆呆的，渺小无助不知所措的定格。

接下来的足球完全不再是她所期盼的足球，马拉多纳也因着足球的变味儿而失去她心目中的英雄本色。只因为马大爷是上百万美金远道请来的，国安队谁也不敢说轻易给他下绊儿，围他屁股后边绕哄绕哄的，像跟着老师在进行体能训练。马拉多纳的王八式摔倒当然也就无从上演。从660到80块钱的观众都希望物有所值，希望能看到马拉多纳好好当众表演一回射。但是马拉多纳显然是有些兴奋不起来，行动怠惰，草草敷衍，看样子是想尽快把一个回合搞完。力与美的搏击全都隐没于斤斤计较的商业算计之中了。整场九十分钟的比赛里起哄声激将声此起彼伏。脏口，并且是、仅仅是贬损女性的那种脏口，如同夏季林子里的蝉鸣，一棵树上的知了起了兴，即刻就有整座林子里的上万只鸟儿跟着群起响应。

柳莺的心悲哀了。她陷入到一种深刻的悲切里，不能说，也不能想，任凭耳膜被一次又一次沉重的污染、毁击，喉咙里却不能够说得出话来。她紧紧并拢双腿，尽量把身体往回缩，往回缩，缩拢到她的那件小小的碎花连衣裙里，以此来躲避和拒斥这可怕的粗俗。在铺天盖地的众声合鸣当中，她不能够表示出自己的不满和反抗。如果表示了，在男人当中她就会是个讨厌的叛逆，在女人当中她也会成为不受欢迎的异族。她看见坐在她前排有两个年轻姑娘，一脸潮红的跟着激动着，也不看球，忙着低头叠纸飞机，还撕了好多碎纸，场上一开始大规模哄骂"傻比尔"，她们就兴奋地站起身来欢蹦乱跳把碎纸乱扬，纸飞机乱抛。柳莺的悲哀，更加彻骨了。

所有的男人和女人都已经把这种语言认同了。这种最不堪入耳的污损女人身体的语言，不断被用来攻击女人也轻贱男人。听上去就仿佛几万人事先预谋排练好了似的。其实他们根本无须事先预谋排练，自古以来他们就已经如此了，自从有了男与女的角色区别那一天起就已经如此了。柳莺的喉头痛苦地蠕动着，憋闷着，嘶哑得有些充血。当又一次辱骂狂潮掀起来的时候，她实在按捺不住了，在她的裙子里站起身来，勇敢地站起身来，张大嘴巴，试图发出一点自己的声音。

可是，没有。当她鼓足勇气，想表示自己的愤怒，想对他们的侮辱进行回击时，却发现这个世界根本就没有供她使用的语言！没有。没有供她捍卫女性自己、发泄自己愤怒的语言。所有的语言都是由他们发明来攻击和侮辱第二性的。所有的语言都被他们垄断了。他们就如此这般地把女性性别恶意贬损刻毒羞辱着，却让女人在愤怒时张口发不出声音。为什么，为什么，这到底是为什么啊？！

柳莺颓然地坐下去，心在猛烈抽搐着，悲哀的无法言说和愤怒的无法排泄让她的喉头痉挛，面部肌肉难看的扭曲。蓦地，她想起一个叫刘恒的作家曾经写的一篇叫"狗日的粮食"的小说。狗日的。"狗日的"可能是她唯一知道的与女性无关的粗语。狗日的粮食。狗日的足球。狗日的国安。狗日的马拉多纳。她在心里默默地说着，但是仍旧张不开口。即便是狗日的，也仍充满对阳具的自恋和褒扬，仍让狗的后腰上的某部位与太阳崇拜发生关联。

柳莺彻底绝望了。在阿根廷队以2∶1终场前的又一阵铺天盖袭来的谩骂狂潮里，她默默咽干了她屈辱的眼泪，在无法言传的哀伤中，闭上眼睛，以一种痛楚的决绝，拼命吹起了胸前的小喇叭。

"呜哇——"

那种尖厉的声音，在众声合鸣之中显得分外纤弱，又分外坚强。她只能用这种纤弱的坚强，把自己娇柔的视听遮盖、掩埋住，把自己无端受损的性别刻意修复。"呜呜哇——"

犀利的长嚎，吹得竞技场上狂欢停止了，飨宴的饕餮曲终人散。她枯坐那里，还在吹，不停地吹，诉说着她的孤独愤懑。她感到自己的反抗力量正一点点被耗尽，被广大的、虚无的男权铁壁消耗殆尽。在尖厉的号声中她听到自己的嗓音断碎了，皮肤断碎了，裙子断碎了，性别断碎了，一颗优柔善感的心，也最后断碎了。

遭遇爱情（小说）

我们假设男主人公岛村遭遇爱情的日子是在暮春时节，一个细雨微濛的美妙时刻。

我们再假定岛村最初怦然心动的时刻是在接到梅那女人的电话之后。

叫做岛村的这个男人仔细地系好一条名贵的金利来领带，看了一下表，然后带着一副漠然的神情走出家门。虽说已是暮春时节，斜风细雨依然将空气割刮得极其清凛，丝丝凉意不停地在刚刚泛绿的枝头抽动着。岛村把头深藏在立起的风衣领子里，用鼻梁托住一副宽边水晶墨镜，样子就跟某些枪战片里的猛男颇为类似，但那隐藏在镜片后边的眼睛里，却分明透出几分掩饰不住的倦怠。这个季节里他对什么都提不起精神来，对一切都失去了兴趣。

岛村先生，可以请您共进晚餐吗？

梅小姐设的不是鸿门宴吧？

那么我可要摔杯为号喽。

梅笑吟吟地说。

好吧。我情愿单刀赴会。

岛村坐在车子里，回味着刚才电话里听到的梅的声音。梅的嗓音很清脆，也很柔媚。是媚而不是嗲。岛村在心里玩味着。嗲多半是出于一种职业需要，或是为着某种功利目的而故意做出来的。比方说总机台的接线员小姐，再比方说那些纷纷承命前来洽谈生意的凌厉的公关小姐，往往是用撒娇作嗲先攻下他的裤腰，尔后再攻下他的钱包。那一套老鼠逗猫、猫捉老鼠的游戏他已经玩腻了。

而柔媚却大不一样。媚多半是由于女性的天性使然，怡人悦耳而又不失风范。在这个无聊的阴晦的雨天里，电话里那个清脆且柔媚的声音激起了岛村的些许兴致。具有这种纯美音色的女人大概也应该是柔情似水风情万种吧？

几许不安分的想法慢慢地漂浮上来，却很快又隐没了下去。岛村陷在柔软的车座里，渐渐又恢复成一脸的漠然。他始终不敢肯定，那些争相以身相许，或者稍微给一点暗示就能牵引着上床，并且趁他耳聋眼瞎就要进入快感极致时却还在趁火打劫谈生意条件的女人还算不算是女人，同时他也不知道自己这般视上床如如厕的人心中是否还会有什么真正的爱情萌生。金钱早已严重破坏掉了岛村对女人的兴致，连同他对美的鉴赏也一道给毁掉了。没有谁能够拯救得了他。也没有任何一颗心灵能够向他靠近。偶尔他也会为自己的心灵不能得到满足而感到悲哀。而这悲哀，很快又会被新一轮肉体的快感冲淡了。

岛村不知道这次深圳方面派来洽谈业务的梅究竟是怎样一个女人。有一点让岛村觉得有趣的是,梅那女人将初次会面设计得别出心裁。梅在电话里邀请他赴约时,有意不给岛村留下有关她自己的面部形体特征,除了告知见面的时间地点外却没有约定任何其他暗号,仿佛是有意要考验一下岛村的鉴别力似的。除非她是很丑,觉得自己的面目实在是不值得一说。否则她就应该是很漂亮,漂亮到相信自己绝对会给他造成惊艳的感觉。岛村暗暗地笑了。他也有意不再往下细问,以便让女人的小精明小算计有个得逞的机会。

他当然猜想不到,梅那女人在放下电话、准备迎候他到来之前,先将干湿粉饼和双色唇膏等器物小心翼翼地收进蛇皮手袋里,然后便在一张白纸上开始勾勒整个事件发展的每一处细节。男主角岛村便被放置在故事高潮中最最起伏跌宕的位置上。

而岛村此时正在来的路上百无聊赖地发着冥想。

初次见面时,岛村很幸运地没有把对方认错。岛村一眼就在宾馆大堂三三两两啜饮小憩的人堆里把梅分拣了出来。因为这个美得炫目的女人正在对着玻璃旋转门频频放送着顾盼的眼神。

女人的漂亮程度远在他的想象之外,看样子正似红日东升的年纪,正处于那种既熟且嫩、收得拢又放得开的季节。那件印满碎花的鹅黄薄呢裙招招摇摇摆动的时候,岛村的眼里就印满了一朵一朵的鹅黄色的诱惑。就有水一样很润泽的东西充溢在眼底深处,想要去罩住那些个摇曳的花朵。岛村百无聊赖地倦慵心绪登时便化解了许多,麻木的末梢神经也仿佛有了些酥酥痒痒的蚁走感觉。

女人见了岛村,似乎也微微怔了一下。她大概也没有想到,在岛村所在的那个号称"京城痞腕"集团公司中，除了那些只会伸出一根手指做"Fuck"之类下流动作的胡同串子外，偶尔也会冒出岛村这么个英俊儒雅的方正造型来。刹那间的感觉失准后，女人旋即调整好策略，吟吟笑着，矜持而又优雅地定格以待。

如果我没认错的话，一定是梅小姐喽？

是岛村先生吧？

相互莞尔一笑，有些湿润的手礼仪性地勾了勾，彼此便测出了对方掌心里的几分湿度。

经过最初的寒暄之后，场景很快向饭店的酒桌上切换。几句不多的话，梅便将岛村的简历搞清楚了。岛村虽然嘴上说自己的经历"不值得一提"，但在得知梅小姐是大学毕业以后才辞职下海的，便十分乐意地把自己也受过正规高等教育，并还有过难忘的插队经历等等底细和盘托出。通常他从不在人前炫耀自己的文化水平，怕跟圈子里的哥们儿造成隔阂，被人骂成装孙子，也怕公关小姐们抓住他的文人弱点轻易将身击破。但是对梅，他却乐意坦然告之，一则是为了在受教育程度上与对方对等，二则强调自己在生活经验上比对方阅历沧桑。梅果然有一见如故之感，并对他的知青遭遇表示艳羡。

老板派我来时我还不太愿意接这活儿，对北京的侃爷们心怀惧意。能遇上岛村先生真是我的福分。梅由衷地说。

认识梅小姐我也很高兴。岛村对答。

我很佩服"老三届"那些人，经过了那么多苦难折磨后，没什么事情是他们干不成的。梅很真诚地说。岛村的心里动了动。吊灯从屋顶延伸下来，橘黄色的柔光罩住了梅小姐和她手中的酒杯。梅变得朦胧而酒变得清澈。到现在为止，他能够肯定的是，女人极其悦目。悦目的女人，不知是否也能够赏心。眼下他还无法判明梅是个有多大底蕴的女人，但他知道她跟别的前来洽谈生意的女人的目的是一致的，没有多大区别。但是又很希望她跟其他的女人能够有所区别。

在一片犹豫不定的心情里，岛村仔细打量对面坐定的这个悦目的女人，看她熟练地点着菜，又看她为自己要上一盒"红塔山"，从烟盒底部撕开，熟练地弹出一棵，嗅了嗅烟丝，检查着标牌的真伪，完全一副老道的男子气派。

这种男子式的潇洒与她那娇小的女性身份产生了巨大的反差。岛村饶有兴致地看着，很默契地充当着观众，觉得这种表演很有情味，不时递与激赏的眼神，鼓励女人把演出一直进行下去。

岛村先生，还满意吗？梅的手指优雅地托着杯子，目光盈盈地盯着岛村问。

你指什么？是这桌酒菜，还是人？

二者都有。梅仍定定地注视着岛村，眸子已被酒精滋润得晶莹闪烁了。

我可要把你的问话当成摔杯前的信号喽。岛村微笑着答。如果我说满意了，梅小姐接着是不是就要乘胜跟我杀价了呢？

梅的脸色陡然一沉。没想到岛村先生原来也这样煞风景。我还以为我们应该有更多的话题可谈。

哦，是吗？岛村的兴致被进一步调动起来了。这么说我让梅小姐失望了？

不，我只是觉得有点儿……感伤。梅幽幽地说。我一直都希望有那么一个时刻，能忘掉生意，忘掉工作，一心一意沉浸在某种氛围里。岛村先生不希望如此吗？

是我把这种氛围破坏了？真抱歉。

不，不必了。我们都在戴着镣铐跳舞，不是吗？

梅的目光又定定地射了过来，岛村有些心慌，不敢去接她的眼神。窗外正闲散飘着若有似无的小雨，浇得人的心情也是飘飘忽忽的，有些不着边际。岛村极力将一棵戒心定紧。女人的这种谈话方式他还是第一次领受，应答起来显得有些吃力。这本来是他过去娴熟使用的一套话语，是他在客厅书斋朋友聚会场合中耳熟能详的，如今却已经变得相当陌生，女人的话将他的记忆唤起了，竟让他有了恍然如梦之感。

我们到底是在追求什么呢？女人说。女人妩媚的双眼变得迷离了。她不间断地叙说着她自己的故事。她辞职。她下海。她不得已离婚，她一次次碰壁。她偶尔得胜的战绩。她屡次三番的跳槽。故事陈旧得跟任何一个潇洒走南方的女子的经历毫无二致。但当这些话面对面从一个沾着酒精的红唇中轻软吐出时，并且又是那么真诚、坦率、毫无保留，岛村的思路还是不自觉地被牵引过去，艰辛和感慨便无形当中成了他们共同的际遇。他的胸臆便也随之一起不加掩饰地抒发开来，话题一时变得既浓且酣。两颗心似乎在淡黄色液体的浇灌中溅起一朵朵火花。梅的脸蛋正在泛起好看的嫣红，岛村的脸色也愈发地清俊白皙了。

不知不觉三四个钟头已经过去。岛村对时间的流逝却毫无所感。到目前为止，梅对生意的事闭口不提，仿佛已经忘掉了此行的目的。女人那种酒逢知己千杯少的沉醉神态，将岛村深深导引进一种知音难觅的欣喜里。岛村内心深处那层冷漠的东西正一点一点地摧散开来。他已经好久没有做这样毫无功利目的的清谈了。尤其是跟一个漂亮女人做这样你来我往的清谈。温情在他的血管里慢慢地散开。

我现在所在的这家音像公司已经是我跳的第五个单位。老板这次派我来京跟你谈这笔影带生意，实际上是对我的一次试用，还不知道我能不能保住这个饭碗。梅以手支颐，盯住眼前的杯子，一副茫然无助的神态，一反刚才的老练潇洒。

岛村的戒心差不多去除光了，换上了对眼前这个饱经坎坷柔弱无助女子的无比恻隐。

岛村先生在这个行当里干得久远了，经验也相当丰富。请您一定多多关照，帮我过了这一关。

女人买完单，起身往外走时仿佛不胜酒力似的摇晃了一下身体。岛村连忙援之以手。女人半依半靠在岛村臂上飘了出来，一丝温热便缓缓地通过岛村的神经末梢向周身扩散着。

广场上湿润的水泥地面折射着橘红色的温暖灯光，就像岛村暧昧的身体在回应着梅明亮的热情。一行行濡湿的脚印反复的印下去之后，岛村被挽住的左臂肌肉慢慢地柔软了，与梅纤巧的右臂挽成一个松紧适度的结。感觉着梅吊在臂上的体温，岛村心里不助思忖：这个女人，凭什么自信我会心甘情愿把大块时光与她这样消磨？

我最喜欢小雨中的散步了。梅伸出一只手去当空触摸若有似无的雨水。它能让我想起一切美好的日子。

是的，一切都很美好。岛村这样想着，嘴里却没有说。就像他接的那个梅的电话，眼见的梅这个炫目的女人，酒杯中那透明绵软的液体，还有那些如泣如诉的话题……一切都美好得不可思议。

更不可思议的是，他是思绪正屡屡顺着梅那女人的牵引而不断延伸下去，随着她的忧伤而忧伤，随着她的欢喜而欢喜。究竟是什么东西如此打动了他的心，让他和梅之间如此的默契呢？

爱情。

岛村把这种久违的情绪假定为爱情了。爱情的来临简直是不可思议，有时竟像猫一样悄无声息。岛村自如地轻揽着梅小姐的细腰，忍不住侧过脸去将她细细打量着。爱情就像今夜的广场，广场上的纪念碑，纪念碑上的浮雕一样濡湿而美妙。梅小姐的发丝偶然会随风轻拂过岛村的脸庞。岛村不禁有些心旌摇荡：是谁把梅这个女人给我送来的呢？

> 来临来时总有一种通感，
> 所以你让你的心扉敞开着……

岛村深深沉入一种诗意的幻觉里。

怀着对某种激情的向往，他们走过金黄色的纪念堂，走过泛着灰白色光泽的圆柱，又走过一排排壁立的红墙，一直走进梅下榻的贵宾楼里。进得门去，梅刚把壁灯扭亮，岛村便不相信梅有经济能力住进这么阔绰的房间。梅像是看出他的疑惑，轻笑着说，是一个朋友替她定下的，朋友曾欠下她的一份人情。梅道了一声"抱歉"，接着转身进了卫生间。岛村仍旧不能够释然，他搞不清梅究竟有多大的神通和能量，会有人为她埋单住下如此规模的睡房。刚刚窥得见一点真面目的女人转眼间又变得神秘了。

脱下风衣，在沙发上坐定之后，岛村的心绪便慢慢地缓解过来，开始细细品味房间里的舒适和温暖。温柔敦厚的窗帘把一切可视物都拦在了窗外，剩下的，满眼就是那张横陈的床，以及暧昧不明的浅粉色灯光。那张宽大的双人席梦思是那样肆无忌惮地裸着，轻轻地施展着无限的魔力。那应该是等同于梅邀他来房间小憩的无形含义吧？岛村的肉体一时间产生了几丝迷乱，梅的温香玉体正飘忽在床上迭现，合着岛村的激情肆意翻滚翩飞……

是要茶呢还是要咖啡？

梅小姐笑意吟吟地站在他面前。岛村一惊，忙从沙发上提了提身子正襟危坐，床和灯也迅速和幻想分离，各自归位恢复成普通家具的模样。梅小姐像变魔术似的，换了一袭无袖的葱绿软缎旗袍出来，瀑布似的长发已挽成一个髻，旗袍的袖口和开叉处将她光洁的手臂和秀美的双腿生动完美地显示出来。岛村看呆了，情不自禁以激赏的目光瞧着，以为这爱情差不多已是袒露无遗。

你真美。岛村喃喃地说。你真美。

谢谢。梅轻轻地应着，款款地走过来，在岛村身边，隔着茶几坐下，坐在岛村伸手可触而又遥不可及的地方。

岛村心头有一股巨大的热望被强烈地激发起来，很想急迫地采取行动，尽快逼近梅的身体。但是他还是努力将自己遏制住，不使自己的行为显得粗鄙。以往对待其他女人的种种滥情游戏技巧和手段，对待梅这个他心仪的女人应该是全不适用，他以爱情来给他和梅的这种关系命名。他只是等待着，等待着，等待着一种高尚的类似水到渠成式的冲击。

岛村先生……梅侧过脸来望着岛村，羞于开口似的嗫嚅着。

唔？岛村将鼓励的眼神递了过去，分明是有些急切地渴望着下文。

岛村先生，您……愿不愿意……

什么？

愿不愿意帮我……

哦？

帮我做成这笔影带生意，把带子的价格再压低些？

岛村一时无语。思绪扭转不过来，只是听凭她一个人继续说下去。

我们这个音像公司组建时间不长，没有那么雄厚的资本，全靠您这套带子打开销路。您订单上的价码太高了，至少得给我压低五万，我们才能买得起。

岛村一愣，一丝警觉袭上心头，身躯也本能地有些僵硬。

小姐，您可是在以万为单位跟我杀价。您不如说让我把带子拱手相让得了，我们全体演职员两年多的辛苦也就此泡汤。

五万不行，那么岛村先生，您觉得我值多少？

梅小姐的眉梢轻轻一挑，似挑逗，又似挑战。岛村心里怦怦紧跳几下，循声追问：

假如我压低价位把带子卖给你，那么我将得到什么？

您想得到什么？梅小姐不急不愠，吟吟笑着，流光溢彩的眼睛紧紧逼视着岛村。

岛村也不示弱，将眼神迎上去回视着。二人的目光紧紧地咬合了一

书画阅读作品　三等奖　任丽华

会儿，又松开，彼此心照不宣地笑了起来。梅那丰满的胸脯在旗袍下笑得微微轻颤，落在岛村眼里，就全变成了挑战的鼓点，全没有挑逗的蜜意了。

　　电话铃响起来，梅起身去接。岛村便对着这个咫尺天涯的葱绿色侧影，发着紧张的思索。电话里仿佛什么人请她去吃宵夜，梅在婉言谢绝，说此刻正陪着一个朋友，走不脱，活动临时取消。

　　回身刚刚坐下，又是一个电话进来。有人约她去KTV，梅又谢绝了，说今晚要陪一个重要的朋友，不出去了。梅特意在"重要的"几个字上加重了语气。

　　您能给我一个结果吗？重新坐下来后，梅向岛村问。

　　我也很希望有个结果。岛村意味深长地说。梅小姐既然这样不吝，把我当成朋友看待，那我也不能白担了朋友的名分，就帮你一回忙。这样吧，我给你压低二万，这是最后的价码，不能再低了。

　　三万。梅毫不迟疑地接口说。

　　岛村定定地瞅着梅，梅脸上的线条瞬间已变成坚定和刚毅，并没有柔媚出他预期的欣喜和感激。岛村大脑不知怎的一时间呈现出一片前所未有的空白。少顷，才回过神来，挥了一下手说：

　　好吧，就三万。明天上午你去我那儿，我签份正式合同给你。好了，告辞了。

　　说完，岛村站起身来，挟上风衣径直朝门走去，连看也不看梅小姐此时的反应。他自己也搞不清自己的动作和言语是怎样变成如此衔接的，只是觉得此时必须这样做，非这样做不可，他已经不能够做别的了。

　　这一夜岛村彻底失眠了，带着失意和惆怅辗转反侧，对自己和这个世界都没有了把握，仿佛又陷入孤独冷漠里兀自漂浮着。这样一首诗意盎然的美妙情歌，难道只是自己低智商时的自作多情吗？难道梅也不过是一只善变的蛇，用媚笑和声音来将他利用和戏耍？他实在不愿意沿此思路想下去，脑中唯一能够确指的就是他对梅的真心不舍。至少，他跟梅也该算是棋逢对手吧？但他明白他要的不仅仅是这个，他要体认的是另一种深长隽永的承诺。

可那又是什么呢？我们的生活当中频繁降临的究竟是什么？是真情？还是虚妄呢？

等到梅如约来家里取合同的时候，岛村已经在客厅和卧室里把一切氛围都营造好了。梅依旧是神采奕奕，温婉可人，看得出，生意的成功让她昨晚有了一夜的好睡。岛村的心不禁有些微微发痛。

进门以后，梅便四下环顾，对居室的富丽堂皇装饰表示出高度赞赏，又把脚步移向靠墙一大排书柜前细细浏览着。那些脆硬的书页上曾经倾注过岛村青春时代骚动的理想。如今全都阒寂无声地尘封上了。

这是你妻子吗？她可真漂亮。梅拿起桌上一家三口的全家福照片说。

从前是。

哦，对不起。梅"哦"了一声，复杂的表情转瞬间又变得晴朗。你儿子长得真可爱，十分像你。

是吗？他跟着他妈妈走了。岛村淡淡地回答，转而把话题调度过来：这是合同文本，你先看一下吧。

梅接过合同书，坐在沙发上翻看着。岛村挨着梅坐下，也坐进了长沙发里。没有了茶几之类的讨厌障碍物作阻隔，梅就变得十分真切了，就在身边存在着。岛村的鼻息正拂在梅的头发上，发丝便微微波动起伏着。他能感到梅在他焦灼目光的视压下，似乎有了几分窘迫，目光开始散乱地在纸上游移，手中的纸张也仿佛有了千钧重量似的托抓不稳，扑簌簌的竟有几丝倾斜。岛村的肢体不由得火热起来，心也开始怦怦狂跳，这是他许久都不曾有过的动情的狂跳，他太想确认这场爱情的实质了。

梅，岛村低低唤着。梅，你让我动心。

是吗？梅轻轻地，头也不抬，仍盯住手中的合同书。

是的，你会让任何一个男人动心。谁也抗拒不了你的魅力。

您也是个不可抗拒的男人。梅细细地说。

噢，是吗？岛村已经把这当成某种允诺的信号，脸颊通红地燃烧着，缓缓趋近梅那温热的双唇，不再在意梅那欲擒故纵成竹在胸的表情……

滴铃——

电话铃不合时宜地响了。岛村的情绪被迫中断，无奈地走过去，抓起听筒。是公司里的恼人事。岛村简单地敷衍几句，马上把电话挂断，同时用身体挡住梅的视线，顺手把电话线插头拔了下来。

回转身来，见梅已端坐在沙发里，身体显露出拒人千里之外的僵硬姿势。岛村笑了笑，随手开了发烧组合音响。舒缓的乐声登时像光一样从天上洒来，落在他们的脸上，身上，也笼住了屋子的四壁和墙角。洒在梅头发上的光是那样柔曼，仿佛要把她的每根发丝都揉起来，揉成暖暖的一团。梅的肢体在音乐的浸泡中舒缓了，棱角不再那么明显。

梅……岛村挨近梅，梦呓般地问，梅，还……满意吗？

什么？梅缓缓侧过脸来，眼中露出迷蒙的神色。

一切。

是的，我对一切都相当满意。这都多亏了岛村先生您，我真不知道该怎样感谢您才好。

不，你知道，你知道。岛村盯住梅姣好的面容，呼吸变得急促起来。

哦……对了。梅的脸上掠过一丝迷乱，随即镇定下来，像想起什么，随即打开身边的手袋，从里面抽出一个鼓鼓囊囊的信封，递到岛村面前：

这里是三千元钱，作为对岛村先生的一点报偿，请收下吧，您千万别嫌弃。

岛村的面部肌肉登时发僵，进而急遽扭曲着，像是有些不懂似的诘问：

你真是认为我要的就是这个吗？你真的是这样想的吗？

梅被他的表情给震慑住了，睁大眼睛疑惑地问：这样有什么不对吗？那么你还想要什么？

岛村忽然觉得有些无措，有些语噎，有些空落。一长串音符轻捷地在他的大脑皮层里划着，苍白地滑过去了，没有留下任何印辙。空白。空白得是那样滞胀，阻塞，让他的心灵已经难以承受了。

岛村先生。女人轻唤着他，将他从怔忪之中拖回到现实中来。如果没有什么异议的话，就请您在合同上签字吧。

嗯……好吧。岛村木木应着，手里举着笔，却半天都落不下去。一切为什么竟是这样残酷，倏忽即逝？等到他的笔一落，他和这个女人的联系就算彻底完结了。其实从头到尾，维系他和这女人的，也不过就是这一张纸。婚姻，爱情，生命，为什么轻薄如纸？

岛村先生，您还犹豫什么呢？

梅小姐不再仔细读读了？

难道我还不相信岛村您吗？

梅有嫣然一笑，透出无比的魅力。岛村心里一阵揪紧，定定瞅了梅几眼，才在合同上签下了名。

好了，你可以回去交差了。岛村疲惫地一扬手。请吧。

岛村一个人在空寂的屋里呆呆坐着，让暮色一点一点把他吞噬进去。电话线一拨断他便可以暂时的与这个世界隔绝。虽然没有报时钟响，可他在心里仍可以感受到梅乘坐的那趟班机已经驶过了他的头顶，把那个美丽的女人送往南国的一个新兴城市去。梅现在已经下了飞机，正兴冲冲地奔向她的老板处报捷。岛村在黑暗中睁开眼来，重新插好电话线，然后拨往梅所在的地方。

是梅小姐吗？

岛村先生？请问还有什么事？电话里梅那个女人的声音依旧很清脆，只是再也听不出柔媚了。岛村此时亦是心如止水。

梅小姐，祝贺您生意取得成功。我要告诉您的是，在复制合同文本时，我忘了把"发行权"字样打上了。就是说，您购买的只是影带的复制权，却没有发行权。您有权拷贝出一卷卷的胶片或磁带，却不可以拿到市场上出售发行。我重新准备了一份比较完备的合同，不知梅小姐是否有兴趣一切从头再来？

听筒里一时寂静无声。岛村似乎可以看到梅那欲哭无泪的眼神。他暗暗笑了，却笑得很苦。

游戏过后，还会有什么能在我们心头永驻？

岛村慢慢放下电话，随着渐渐降临的夜色一道，又堕入到无边的虚妄里。

橡树旅馆(小说)

他们把幽会的地点，选在橡树旅馆。

很难想象，在京城东区高楼大厦鳞次栉比、人流熙熙攘攘、整日车水马龙的闹市区里，竟会藏匿着橡树旅馆这么个清幽的所在。旅馆的门脸一点都不起眼——单是"旅馆"这一名称，就已足够遭人忽视或轻贱它了。它不会让人联想到高级宾馆饭店里的豪奢和舒适，而只能让人忆起过去年代，物质极端匮乏时，旅途歇脚打尖时所遭遇到的灰尘和破败。

然而谁能想到，有些事物恰恰是这样败絮其外，而金玉其中呢？

橡树旅馆的门脸临街也可以说是当街而立。它的左手和右手，是一排排划分成格子间大小、装潢和布置都精致到家的名牌时装专卖店。隔着一条马路，对面，是城市繁华区域里那几家著名的星级酒楼、王府宾馆一类的大饭店，以及堂堂的律师楼和写字楼。每到下午，太阳稍微斜一点的时候，阳光就正好从那些摩天大楼外面镶嵌的太空玻璃镜上反射回来，尽情烘烤着对面门脸低低的铺子，衣服料子都被晒得掉了颜色，时装老板们都叫苦不迭。而橡树旅馆就没有这方面的麻烦。橡树旅馆门前酷热的阳光，都被两棵高大茂盛的橡树给遮住了。那两棵巨大的、合抱粗的橡树，也不知是从哪年哪月开始栽种，又是从哪年哪月开始将橡树果实遗传下来的。也许它们那虬劲苍茫、坑洼不平的龙钟老干上，打凿了从满清到民国、又从民国一直到今天的沧桑记忆。谁知道呢！如今在它们下面忙忙叨叨走来走去的人们，只顾尽情享受它们所覆盖下来的浓荫，谁也没有心思去打探它们的往昔。

　　据说，那两棵树，一棵是男树，一棵是女树。

　　可不是么！仔细一看，果然是像。两棵橡树是从地里蓦然而起的。紧接着，两条笔直的躯干奋力向上窜去，窜去。窜到凌霄的高度时，开始枝叶纷披，两棵树的身体逐渐优柔而又妩媚地趋近、靠拢，圆圆硬硬的果实试试探探地触摸、抚慰。再往上，在人们的视线所不能及的地方，一棵树就已完全缠裹到了另外一棵树的身上，妖娆生动。两棵树完全合抱、聚拢。嘀里嘟噜的橡树坚果，就骄傲地从每一处缝隙枝头洒落下来，辨不清上下，也分不清你我。

　　橡树旅馆给人以充分的想象和情感的抚慰。

　　伊玫每次到橡树旅馆来幽会，每逢走到这两棵大橡树下，都禁不住要深情地抬头仰望。

　　橡树旅馆的名字，就因橡树而起。橡树旅馆的年纪，也跟门前两棵古老的橡树相匹配。只是，旅馆所在的院落原来不叫旅馆，原先它是清代的一个什么王府。在这座遍地古迹的城市里，历史已经成了最不受珍重的一种东西。过去朝代遗留下来的那些个深宅大院、豪门府邸，已不再构成让人引以为自豪的历史景观。在当今流行的实利主义原则下，一切文物都被改建了，成了适合今天的人们生存的某种物质便利。

橡树旅馆，也就是前朝王府的产权，现在归伊玫的情人——一个新兴的文化商人所有。因而他们选择了定期在橡树旅馆里幽会。

伊玫此刻正走在去橡树旅馆的路上。五月的天气非常晴和，光线"嗡嗡嗡"地拖举着一切。伊玫那奔赴幽会的脚步就像踩在阳光织就的金毡上，绵软，飘忽，越是急切就越是显得迈不开步。到处都是金光闪闪的，房屋啊，街道啊，街两旁的刚刚经历了春天的树木，他们一律都在五月上旬十点半的光景里镶着阳光的金边，呈现出欣欣向荣的嫩绿和绒黄。两线无轨电车，擎起它们长长的辫子，叮哩咣啷不紧不慢地走着，坐在车窗里面的人毫无目标的将眼光朝外张望，神情十分平淡自在。伊玫也想尽量把脚步收敛得自如些，用不着前脚踩后脚急得像要赶去救火。自从他们昨天下午约好，今天要在橡树旅馆见面后，伊玫的心就像早搏提前来临一样，时不时要不安分地跳上几下，悬出几个没有规律节拍。昨晚睡觉之时，她还故意装出身心十分疲惫的样子，早早的上床倒下，眯缝着眼佯装入睡，用被子将自己紧紧地裹起来，以防丈夫大鹏上来求欢。近一个月来她在南方的几个城市四处出差，已经好久不得跟情人幽会了。一个月后的再次见面，她想她一定要在情人面前保持一个最好、最新鲜、最生动饱满的状态。丈夫的存在此时是最大的不测，他随时都有可能上来，把她精心维护的状态破坏掉。所以她得小心加以提防。

还好，丈夫大鹏洗完澡之后爬上床来，先是趴在她的枕边脸对着脸看了她几眼，噗噗往上吹气试探，就像一个猫在对主人讨好那般。伊玫即使是闭着眼也能瞅见自己的心在"怦怦"乱跳。她使劲屏住呼吸，把一口气憋得很长很长。不这样她惊惧起伏的胸膛就会把心里的紧张暴露出来。大鹏看了一会儿，见毫无反响，就很无趣地滑向自己一侧的被窝里安卧，拿起一本书有些不耐烦地稀里哗啦地翻。

伊玫大气不敢出地静等着丈夫身体冷却后，熄灯那一时刻的到来。

接着，就是静夜里，伊玫神情激动的暗自期盼和冥想着即将到来的那一天。一想到橡树旅馆，那两扇有铁狮子门环的朱漆大门，推开大门之后的影壁墙垂花门，再往里走就是天井、喷泉、紫葡萄藤架、一进、两进、三进、四进深的院子，院两旁雕龙画凤的长长的回廊，站在廊下目不转睛地注视和迎候她的那个人的高大俊朗……那个高大俊朗的迎候她的人。每次只要用他那如水的眸子一咬定她，伊玫身子就兀自软下去，软耷耷的脚底无跟似的，搭在他伸过来挽她的臂上，仿佛一块肉搭在烘烤的架子上，穿廊跨院，给提拎拥架到他们固定做爱的地方。

接下来的事情，那还用说嘛？

……伊玫的身体本能地绷紧起来，内分泌中充斥着一种热辣辣的紧张。那种东西在替她诉说着一切，非常直白。暗夜之中丈夫的呼吸和白家屋顶的拘束已经被她置之度外，想要尽情燃烧的渴望已经充溢了她的每一个细胞。

转天上班，伊玫早早就到了单位。一宿辗转反侧的不寐，烤得她心里灼灼的，无论拿起什么，都显得心不在焉，两只布满血丝的眼睛不但未因困倦而萎靡，相反，眼神却在微暗的屋子里炯炯的发亮，瞳仁中燃烧着无形的紧张。她脚后跟儿像踩在云彩上似的，飘飘地、飘飘地在办公室里刮来刮去，有嘴无心地跟这个打招呼，跟那个打招呼，把从南方带回来的小礼品分给这个同事，送给那个同仁。同事见她美得招摇不定的样子，忍不住跟她逗趣说：哟，伊玫，这趟差出得时候可不短，遇见什么喜事了吧？伊玫说：哪儿呀，我这一把年纪，过了三十就奔六十了，还指望能遇见什么喜事？

嘻嘻哈哈跟一杆人打过招呼，贫了一会嘴，见了该见的人，迅速料理好桌上一堆文件，伊玫就借口出门办事，一闪身溜出办公室，麻利得像鬼一样，生怕有什么突发事情牵住她的腿。在京诚，能讨得一张在报社里办公的桌子，也算是很不容易了。伊玫大学毕业留京到报社工作后，一晃也有了七八年的工龄。日子一天天晃晃悠悠过去，直到轮到她该考核评级升职称的年头，她才突然发现，在单位里，平时那些嘻嘻哈哈仿佛跟她挺朋友的人，其实并不能算是什么朋友。只要利害相关，就都能互相构成竞争对手和假想敌人，关键时刻，总是要互相踩上一脚，动不动就你死我活的。

怎么搞的呢，一旦进入成人社会后，竟然连个朋友都交不上了？伊玫还清清楚楚记得，她来单位报到的第一天，恰巧办公室的人集体去看望部主任的妻子，那时他的妻子已经是胃癌晚期。伊玫懵懵呆呆地跟着上了车一同前往。到了部主任家里，见他的妻子正静卧在床上，床单雪一样白，她的脸色也苍白如霜。满屋子来苏水的气味，弥散出无法形容的凄楚和惨淡。部主任形销骨立侍立一旁，他们上高中的女儿牵着妈妈的手，泪光闪闪地歪在一边。部主任妻子的精神还好，还可以认得出人。在跟别人都寒暄过后，主任又把伊玫推到她跟前，介绍说：这是部里新分来的大学生。伊玫带着陌生的恐惧，战战兢兢有些手足无措地走到主任妻子床边，规规矩矩在她床头鞠了一个躬，说：我叫伊玫，刚从新闻学院毕业分来的。部主任妻子轻轻扯起她的手，用病人特有的有气无力的慈祥端详着她，说：

多好啊！这么年轻……

伊玫立即感觉到拉她的那双手冰凉，潮湿，带着一点点痉挛，一点点颤抖，直勾勾，有气无力，却又分外顽强，分外眷恋地在她手上握着，有一股不舍得走、拼命想要拉住点什么的愿望。

一星期以后，部主任的妻子就去世了。半年以后，部主任就再婚了。又过两个月后，部主任就因单位里的人事纠葛，愤而出走到南方求职去了。发生在部主任身上的这一连串事件，给新参加工作的伊玫打击很大，令她觉得世事竟是那么无常。伊玫也不会想到，到部主任家里的这一次探望，竟会是她唯一的一次到北京人家里做客。这以后再没有任何一个北京人请过她到家里做客或是聊天什么的。她跟他们，也再没有超过办公室以外的深入接触。再提起北京人的家，她的脑海里就会冒出几点惨淡的雪白和一丝凄楚的弥留味道。

北京这座城市真古怪啊！伊玫有时迷蒙的想。这座城市，表面上看起来多么热闹而繁华，而实际上却又是多么冷漠和空泛！生活在北京的人外表上看起来宽容而幽默，实际上，在内心里彼此的距离把守得非常严格。他们的脸上都挂着一副和善、热情、不设防的笑容，骨子里却是万分的防范、戒备和铁石心肠。大家出门就在公共场合里展开争名夺利的激烈巷战，回头作鸟兽散之后就将自家大铁门牢牢关紧，没有得到密谋的邀请，谁也休想拜访得进。伊玫觉得她非常不适应。过了十几年的学生集体宿舍的单纯热闹生活，现在突然间被抛到讳莫如深的社会人群里，她觉得很没意思。人与人之间很没意思，一开始满怀着的一些浪漫理想，以及想做出一点成就的心气，慢慢的，就被周围空气磨损、耗散了。许多次的童言无忌，许多次的遭受修理，渐渐地她就学得油滑，最后也就修炼成圈子里的骨干分子，变成终日奔波，终日忙，也不知道忙到最终会怎么样。总是觉着累，工作上累，过日子也累，与人打交道更累，充满未老先衰的疲惫。最后就只剩下了一个活着。

活着。活着真是一个一辈子都钻研不完、一辈子都修炼不完的大学问。

大概就是在婚姻生活过得百无聊赖、工作上又有了厌倦感的时候，她跟水木原认识上了，她的采访对象，也就是她现在的情人。两个人相遇的感觉，就是眼前忽地光芒一闪，一种燃烧、一种挂念、一种离经叛道的惴惴不安，片刻间把她的生命激活起来。这人那一口悠扬动听的北京当地土话，颅腔共鸣的嗡嗡嗡的卷舌儿化音，一副英俊潇洒得什么都不在乎的样子，都使她着迷，在心里头放不下，仿佛让她对这个深不见底的城市，重新有了眷恋和挂牵。她的生命，瞬间就跟这个城中某一个人的生命有了牵连，生活就在一刹那间有了亮点和起色。也说不清起点和终点都在哪里，就是止不住，控制不住自己。一次又一次的，像两枚捆绑式火箭，一点火，就一起在无尽的燃烧爆炸快感中一起升上了天。

伊玫脚步飘飘，从单位出来，先顺路进到旁边的邮局取了两张马上要过期的稿费单子。她那幸福的魂魄一路上轻快游走，带动起肉身上下洋溢着一种光，情人们奔赴幽会时身上带的一股甜蜜快乐、无遮无拦的、痴痴傻傻的光。光芒都要把路边邮局那个灰暗的柜台照亮了。邮局出纳台里的那个小姐在验身份证时忍不住多朝她看了好几眼。伊玫被看得愣了愣，下意识举手摸了摸自己的脸，这才觉察到自己脸上的肌肉，似乎正在兀自牵拉出傻笑，被一种甜美充溢撑满了之后，又从酒窝里涨出来的傻笑。伊玫赶紧回过神儿来，脸色不由自主红了一下，轻轻甩了一下头，想把橡树旅馆暂时从脑中抛除。这一路过来她尽想着橡树旅馆，橡树旅馆，其他的一

第六章
从"厨房"到"广场"

切,仿佛都是下意识做的,就连自己的腿怎么驮着她的身体走到邮局的,她都不知道。就知道来了,排队,等待,递单子,填号码。小姐问她一共要取多少钱,她蓦地醒过神来说,不知道。小姐把单子噗地甩出来,说,自己算去,算好再递进来。

虽说遭受了一点揶揄,窝了一点火,但伊玫还是耐着性子把一件事情料理完。要在平时,她定会跟柜台小姐叫叫真儿,指责指责她的态度的。今天她却没有心思也没有空闲理她。转身出来,又进入了都市干爽的大街上。好了,这下好了,马上直奔橡树旅馆。阳光打在年轻女人伊玫的身上,暖融融,醉晃晃。伊玫漆黑油亮的长发都被晒暖了,丝丝缕缕在肩头晃动,将五月太阳的光芒一甩一甩的,弹射出一阵阵馨香。她把下颌微微上扬,眼睛眯缝着,边走边感受着光圈在眼皮上的舞蹈。那些天花乱坠的光芒,引逗得她心里无端的又想笑,又把自己幸福成很痴很傻的模样,脸蛋就那样在五月的和煦里痴痴妩媚着。

突然间,就有一滴雨点"滴答"地滴落下来,正好落在她的嘴唇上。哦,真奇怪,下雨了吗?伊玫睁开眼,四下望了望,一切如常。又抬头看看天,响晴薄日,没有一丝下雨的迹象,路边的树叶子都是那样心平气和、逆来顺受般地承受着阳光。她不禁暗自笑了笑,心想也许自己心情太急迫,连对天气的感觉也不准了呢。往前走了几步,又觉得有水滴顺着鼻子流下,滑滑的,痒痒的。是流鼻涕了吗?伊玫心想,我好像没感冒啊,怎会流起了鼻涕?顺手从包里掏出面巾纸,在唇上擦了擦,不料,液体哗哗流得更甚了。低头一看手里的纸,老天!原来在流鼻血!好端端的,怎么会流起鼻血?!

伊玫一下子慌了,一时也想不出什么具体的前因后果。能够想到的,就是在湿润的南方呆得太久,回来后不适应北京的干燥气候,可能是鼻腔内的毛细血管破了。伊玫此时此刻的唯一的反应，就是慌慌张张地从包里往外掏面巾纸，一张接一张地将鼻孔捂住，一张接一张地不断擦拭，边擦边还张皇地四顾，看看旁边有没有人注意到自己。一想自己挺大个丫头，在明晃晃的都市大街上，好端端的就流起了鼻血，这算是怎么一回事呢？多难看，多难为情啊！况且，为了赴今天的约会，她还花尽心思把自己打扮得酷酷的，不必说性感的蕾丝花边的内衣了，就是那一身毛呢外套短裙，颜色灰灰的，灰灰的，是这个季节年轻女子最酷的一款，再配以灰色眼影和淡黑色唇膏，这一路走来回头率都高高的。这下可好，当街就流起了鼻血，成了什么样子嘛？

五月京城大街上，年轻人伊玫的那份窘，那份怕，那份无助，那份张皇，真是没法说，没法描述。伊玫平时就晕血，从没受过什么流血的创伤，忽见自己的血蓦地就从不该出的地方出了来，真把自己吓坏了。又不敢声张，就只好一边擦着，一边捂

书画阅读作品　优秀奖　钱　玲

着，待到把两包纸巾都用完了，沾了一手一唇，血流却还没有止住，这下就更慌了，抬起头来，左盼右顾，见路边有个小杂货店，慌忙一头钻进去，赶紧伸手就买了几包。掏出纸巾来，又站在那儿擦，几滴血还不小心溅到了衣服上，让她这份心疼啊，不光是心疼血，还心疼衣服。用两个小纸卷塞到鼻孔里暂时将血堵住，又用一只手将鼻子和嘴严严捂着，出了小杂货店，心慌慌的，手慌慌的，想也没想，伸手就拦了路边一辆的士，仓皇坐了进去。司机奇怪地看着这个满脸揉腾得红一块紫一块、用手捂着鼻子的年轻女人，问去哪儿。伊玫脱口而出：灯市东口，律师楼。那是丈夫大鹏的办公地点。从她现在所处这个位置，到丈夫的律师楼和情人的橡树旅馆，正好是个等腰三角形，路程一般远。然而她想也没想，坐车就直奔了丈夫的办公地点。

　　到了律师楼，她先在一层给十九楼打电话，对接线的秘书小姐说找大鹏。大鹏一接电话，她就有点带哭腔的说："我在一楼，你下来一下。"大鹏瞬刻间就乘电梯下来，一见她在大堂里捂着鼻子的那副样子，惊得一把就给抱过来，托起她的脸，急急地问："怎么啦怎么啦？谁欺负你了？"不问还好，这一问，伊玫"哇"的一声就哭出来，好像受的所有的惊吓，所有的委屈，这时才有了个着落，一边把身子往他怀里缩，一边唔唔噜噜说："唔……流鼻血……"大鹏说："咳！我当是怎么了。笨蛋，哭什么哭什么。"一边说，一边连拖带抱的把她拽进洗手间，在外间的公用水龙头前用冷水给她洗脸，又让她仰起头，用手搂起凉水不停地往她的脑门上拍。周围入厕的人出出进进，不时投来惊奇的注视。大鹏根本不管那些，一心一意打理自己的老婆。

　　这个法子果然灵验。血很快就止住了。

　　大鹏又牵着惊魂未定的伊玫上了十九层的办公室。伊玫从前来过这里几次，参加过丈夫他们律师楼的联欢活动，大多数的同事都认识她。一见她来，他们热情地跟她打招呼：嘿，伊玫，今儿怎么有闲工夫？伊玫你来啦？伊玫，又漂亮了！伊玫，又苗条了，给我们传授一点美容经验。

刚刚经历了一场惊吓的伊玫，被这些寒暄问得暖烘烘的，心里熨贴笃实了不少。大鹏给她倒了一杯水，让她自己先坐会儿，他过去跟客户交代几句话。伊玫喝着热水，看着一个个坐在工作台前忙碌的大鹏的同事，感到了安静和恬然。这里的一切都是熟悉的。丈夫，丈夫的同事以及他们所干的工作，这一切对她来说，都毫无新奇感可言，然而此刻却自有一份安全和恬适。她的心情慢慢地就在这种气氛里平静下来。

静下来以后，伊玫首先想的，却还是橡树旅馆的幽会。她趁没人注意，躲进洗手间，悄悄打了一个电话，给那个人，说路上有点耽搁，稍晚一些到。然后就是对着镜子精心地补妆，将衣服上的血滴也用洗涤液处理了一下，做了最大程度的遮掩。看看差不多一切都已经恢复如初了，这才从里边走出来。回到办公室，大鹏让她在这里吃工作餐。伊玫说，不，我不想吃，就想早点回家休息。大鹏说，也好，你就自己先回去吧，弄点吃的，然后好好睡上一觉。

送她上电梯时，大鹏又叮嘱说，晚上别做饭了，我叫一份外卖回去。伊玫哼哼哈哈的嘴里答应下来，心不在焉，对丈夫的体贴早就习以为常且视而不见。

好了，好了，经过这么多意想不到的周折之后，她终于见到了橡树旅馆，终于到达了她今天所要去的目的地。远远的，就望见了那两棵橡树，那两蓬见惯了的葳蕤，它们一男一女，合拢合抱，同时在五月的阳光里汁液澎湃。伊玫的心情一下子不一样了，一股奇异的感觉涌上心间。期待已久的会面就在眼前，这激动和渴望虽然因为意外事故而半途中断，但它依然蠢蠢于心头潜动，只不过需要情人见面时重新调动激活一下。

　　橡树旅馆的气氛跟律师楼的不一样。与其说是气氛不一样，还不如说是伊玫的心情不一样。在丈夫的律师楼里，她的心情是笃定安稳的，身份明朗，落落大方。而在橡树旅馆，一切则都变得暧昧，张皇，她的身份隐秘，心里虚虚的，充满无形的不安和紧张。还是那个朱漆的铜环门，还是那个影壁墙，那个绿色藤萝架，灰色假山石，那几棵苍茫的古树，那座喷水池，还是那个门房，门房里那个情人雇佣来的远房亲戚，用暧昧的眼神和心照不宣的语调，殷勤招呼说：伊玫小姐，您来了？里边请。表哥在等您。这些话流泄在门房的嘴里，打动在伊玫的心上。事情的幽秘性在这个跑堂的嘴里就此揭开了帷幕。然后就是那个人，又如往常一样，在廊上站着等她。又是那样一种眼神，激赏的、渴望的、恨不能用眼睛一眼把她吃掉的眼神，盯得她被封了穴道一样，呆呆的，六神无主，只得由着他看，由着他用眼睛狠狠吃她。

　　这会儿才到？还没有吃东西吧？他说。他终于先开口说话，结束了她那傻呆呆手足无措站立的过程。

　　唔……还没有。她掠了掠头发，稍微有点心神不定地回答。

　　那好，我们先去吃饭。

　　她就这样被他的话音一拐就拐走了，乖乖跟着到了西餐厅。他们找了一个僻静的角落坐下来。这里的主事也认识她，她一直都跟着老板来吃饭，他们没有办法不将她熟识。她来过的时间长度，大概就是半年多一点的样子。半年，足够一般的情人们走完从初识到如火如荼、如胶似漆的过程。这里的侍者在服侍他们时，眼神都普遍是暧昧再加上心照不宣，都是又乖又讨好的模样。

他们要了简单的一点咖啡和点心。这个时候，幽会的双方谁也吃不下去。她是因为来的路上受了一点惊吓，到了现在，终于到达了目的地，精神刚刚松弛下来，连胃也松了，吃什么也吃不下去，只是想休息休息。而他则是渴望着下一个节目的上演，过分被即将来临的事情激动着，情绪正在期待的临界点上，满眼都秀色可餐，对食物自然失去了兴趣。他们小口小口的YA着，有一搭无一搭地说着久别之后的问候话，都在拿食物走过场。这个过程中她始终都很端庄，很绷紧地坐着，倦怠情绪没敢表露，只是极力显露出自己最好的一面，最楚楚动人、最性感的一面。她把笑靥挤得很甜，她也把自己的情绪假装撑得很饱满，假装把眼神飞抛得轻飘飘的。情人又不是丈夫，想怎么懈怠懒惰、没款没型都可以。情人怎么说也是一种社交，谁能不在情人面前呈现出自己最好的一面呢？

  她感觉到自己坐得很累，调情的语调做得很艰苦，要经过很大努力才能将声音正确发出。她挺直着腰板，并拢着双腿，粉脸含笑，红唇不住拣着好听发嗲的话说，而那一层倦意和疲惫，还是在透明脂粉遮掩不住之处，无情地显示出来。脸上的皮肤涩涩的，有点干，有点紧，一点都没像平时那样放出油亮亮的青春自然光彩。但凡是有心人，稍微对她留意一点，就会明显看得出来。可是他却连问都没有问，眼神全被情欲围困着，直盯盯地勾着她，勾魂儿似的，盯得她简直不好说什么，不好说什么不高兴的话，怕扫了他的兴，扫了久别重逢的兴。她不免在心里有一点点委屈，还捎带有一点点怨尤，嫌他没有主动来关心她，没有主动问问她来晚的原由、这一路上究竟发生了什么事情。但是她没有办法说，没有主动去说，只是在心里边悄悄鼓励自己，快多吃东西，多喝咖啡，快快精神起来。刚刚喝完了一杯后，她又叫上了一杯。她也就是把刚刚露头的一点委屈，就着浓浓的咖啡独自吞咽进肚子里去。

第六章
从"厨房"到"广场"

　　吃饭的过场终于走完了。现在他们沿着那些雕栏玉砌的回廊，穿过一进又一进深的院子，走过院子里一蓬又一蓬的老树和浓荫，终于走到了惯常的十八号房间。走路的过程里，他依旧挽着她，依旧将内力从臂弯和肩肘处挥发，狠狠地向她的腰身内部发射。但是这种调情功法这回却没能有效渗透到她的腰眼里去。她太累了，累得都没了力气去感应和体会，无法做出即时反应和回答。进了屋，回手一带上门，他就挺不住了，拦腰就把她挤在雕花的门板上，一口就吻住了她。那是真正的情人久别重逢后的热吻。他的舌头在她的口里急遽地搅动着，双手也不得闲，从她的蕾丝花边的乳罩扣子上揭幕，手指和嘴唇一路高歌进裙子，急急地不容片刻喘息。他们分开太久，他的渴望也憋得太久。他的鼻息咻咻，舌尖湿漉漉，就连从门走到床上去这一段距离都不能等了。他们就翻倒在门旁的柔软的地毯上，纠缠做一团。他身上热辣辣的碳火一样的棍子，猛一杵进去时，简直就是烫了她一下。

　　他的身体已经滚热滚热，她却觉得自己的血管还是凉的，还没有被充分加热起来。她觉得有些涩。身体有些涩，轻微地疼了一下。如果没有在路上流鼻血的意外惊吓，她是可以跟上他的，是可以跟他同时起步发动的。通常情况下，他们都能很合拍。然而，不知怎么，此刻她心里总有点惴惴的，晕血的惊悸还一时没有完全过去。她现在想的，只是想先让他抱抱她，先抱一下，说说话，安慰一下她，她马上就会好，马上就会跟上来的。她现在就只希望他能抱她一会，充满爱意地抚摸她一会儿。

　　然而他太急切了，没有顾及到她的状态和心情，忽略了她还没有跟得上他。他的高潮渐长，一波接一波，奋力涌着，她却如一滩死水，有点滞，流动不起来。她想忍着，默默承受，等他把一个过程游完。然而，怨尤和委屈还是不由自主地悄悄来临，轻轻抑住了她。别要求太多。她劝诫自己。不是有过好的时候吗？曾经，他们在一个晚上不停地做，不停地做，只要醒着，两个人就纠缠到一起，想要在一次次燃烧中双双死去。那情景，就像做过了今天就没有明天，也像无偿使用别人的丈夫或妻子，用坏了也不心疼。

　　身体若是没有被爱意完全充沛，这"爱"做不做也是没什么趣味，单单是"性交"那种东西多么无聊，多么空虚，做完就后悔，恨死自己，瞧不起自己。她在心里怨怨的，试图中途阻止他，换一个体位，让他慢下来，停顿下来，等一等。但是，不行，他已经是箭在弦上，弓得厉害，拦不住，也变不了，这会子，哪里还制止得了！仿佛一停下来，就会肿死他，就会要了他的命一样。那一次，在一阵癫狂过后的短暂歇息里，她就问他：假如现在地震了怎么办？你跑不跑？他说：震就震，先做完了再说。她听了，止不住地乐，说，要是我，我起身就跑。他说，你懂什么，有我在这儿，你跑得了吗？说着就又挺身上来……

　　他做得热情如火，她却有点溜号了，想七想八的，注意力不太集中。谁在做爱的时候都必须全神贯注，都不能溜号，就仿佛弓与弦，不能打滑，不能偏离，必须要揉捻默契，一失神，就跟不上了，就跑调儿了，就不能做得完满，奏不出什么动听曲子。假如这时候他能注意一点她，注意到她回应得不是那么热烈，他能够忍让一下，停下来，等等她，用他的爱意和体贴唤回她，唤回她的走神儿，她是会满心欢喜地逢迎上来的。然而，没有。他这时候比较聚精会神，比较只顾及自己的快感来临，就顾不得别的，就顾不得她了。虽然在做着她，实际上却是把她抛在了一边，远远地抛在了一边。有的，只是他自己，他自己那百米蛙泳似的冲刺的身体。

　　这个人，这个人，就是这个人吗？她睁眼偷偷看了他一下，又赶紧闭上了，不敢看，不愿意看。这个人，这个人，就是这个人吗？一句好话，嗡嗡嗡的过分卷舌音的北京土话，就能让她大老远的颠颠儿跑过来；一个眼神，调情调得炉火纯青的水汪汪眼神，就能撩得她巴巴地卸除全部防身的铠甲，把自己连骨头带肉地供奉到他的祭台上；一个鼻息就撩得她心神迷乱，一个耳语就把她软成一摊泥的，这个人，这个人，就这个人吗？眼下，他多自私啊！多差劲儿啊！多不好看啊！以前怎么就没发现？以前怎么把他在心里打扮得那么完美，完美得像是妖怪变来的？真是瞎了眼啊！爱情的光晕晃瞎了她的眼啊！其实她本来也是瞎了眼、闭着眼睛在做啊！谁敢在虚妄的爱情面前睁着眼睛？一睁眼，就什么全没了。一点点虚幻，一点点实在，全没了。全塌了。她还以为和他好上了，就能抓住些什么，在浮华尘世的一派虚空之中，抓住一些什么，抓住生命的质量，重力和激情。然而，这样子，这副样子，到头来可还是什么都抓不住啊！他们即使是纠缠在一起的时候，也还是各做各的。他就是他，我就是我，谁也帮不了谁，谁也顾不上谁。

在这虚空的世界上，到底谁还能指望抓得住谁啊？！

……随着他的频率的加快，她的怨尤和委屈加重了，怨尤情绪愈发阻碍了她跟他快感的交流和相通。她忽然觉得有点烦。突然之间，就变得烦。一个女人，到了这会儿，还要任劳任怨，克己复礼似的，用身体承重另一个人，又沉又笨的一个大家伙，凭什么？为什么？

几乎就是下意识的，她用两声虚假的呻吟，推助着他快速发射，如释重负般的，将他从身体上卸了下来。

如释重负？

这种感觉真糟糕。实在是糟糕。太糟糕了。怎么会有如释重负的感觉呢？

她闭着眼睛，半晌都不愿意说话，也不愿意睁眼看他。忽然之间，就对身边这个人感到陌生。刚刚还在亲密着的这个人，此时却一下子变得陌生。这个人是谁？他是谁人的父亲，谁人的丈夫？那些东西，知不知道，都无所谓，因为本来就跟自己没关系的。情人之间没有承诺，没有将来，没有共同把守的东西。只有今天，现在，此时此际的欢乐，彼此交出自己的身体。除了把身体供奉给对方寻欢作乐，并让它变成两个人的隐私，别的，什么也没有。连受了惊吓的时候，想让他抱一下，轻轻拍拍抚慰一下的要求都不能有。情人单纯是情人的时候，就必须对他毫无所求，这样才能保持一丝情感的虚幻和飘忽，才能让他区别和不同于丈夫。情人们在一起，单纯做游戏，不奉献，只索取。

　　说到底，情人这种关系，本来就是自私的。

　　她忽然感觉到累。情人这种关系，原来竟是这么累。情人间的关系，竟是这么小心翼翼，这么脆弱，稍微一点不如意就会分崩离析，那一层层美妙的光晕，"忽"地就没了，去得那么快，消散得那么快。什么都把握不住，没有保障也不能求有任何保障。当她在路上受了惊吓时，她本能的奔向丈夫而不是情人。丈夫能够安慰她而情人却只知索求她。

　　这不也是她心甘情愿自找的吗？怨谁？能怨谁？

　　幽会途中的一次意外事件，她在丈夫和情人那里分别受到的两种待遇，让她能够体会了两者的区别。虽然她曾一直拒绝将他们进行比较，一直在心里拒绝把他们进行优劣排列，一直都自欺欺人地以为，他们都是她生命中不可缺少的，她对他们的爱，是不能替代，又是同等程度的。但是这会儿，她还是有点看清楚了，那种情感程度毕竟是不一样的。她把难看相留给了丈夫，因为丈夫是自己人；她用愉快相面对情人，因为情人是熟悉的陌生人。到了丈夫那里，是休憩；到情人那里，却是燃烧。

而她更多的时候，并不是要燃烧，只是受了委屈和惊吓时，有个地方哭。有个安全温暖的怀抱供她哭。

肉体的燃烧只是偶尔，更多更多的时候，她却是希望得到魂灵的慰安和满足。

这样想着的时候，她突然意识到，难道她自己，不也是自私的吗？不也是单纯从一己的愿望出发，去要求和揣度他人的吗？她又曾给过别人什么？

伊玫突然就在虚空里，堕得更黑，更狠了。

秋天的时候，橡子熟了。从那些参天合抱的橡树枝桠里，劈里啪啦，落下来一地圆圆的、褐黄色的橡树坚果。也分不清那些饱满的果实究竟是谁的，分不清它们究竟是从哪一棵树身上落下的。总有几个小孩子围着大橡树跑来跑去，在用坚硬的橡子互相抛打追逐着玩。伊玫却再也没有去过橡树旅馆。

午夜广场最后的探戈(小说)

一

广场上的地灯惨白，贼亮，是那种一排四个灯头的钨碘灯，在离地一尺左右的高度，从草丛中探出头来，与地面成30度角，分别从几个不同方向昂头向上探照。灯光准确地捉住了她不停旋转的两条白腿——那两条腿，除了明晃晃的白，也说不出太多的什么来，勉强可以说得上是纤细，匀称。

当然，还比较长。超过了北京女人通常的腿长高度。贴在大腿根儿部位吊着的几缕碎布，随着身体的摆动起伏荡漾，仿佛多年老店打出的陈酿幌子。那却是一条时兴的劲爆天鹅裙，超短，飘逸，人一转起来，裙子下摆"沙拉"、"沙拉"绽开，一闪，一闪，闪出了两条修长的白腿；又一闪，一闪，闪出了里边平角螺纹镶有蕾丝花边的真丝底裤。一条猩红色的真丝底裤。不是火红、殷红，也不是橘红，是猩红，故意与绿底白花的裙子颜色戗着茬儿，猩出一股狠歹歹的情色。

周围一群看热闹的民工受不住了，简直看得要喷鼻血。他们或蹲或坐在广场边草地和水泥地上，大张嘴巴，喘着粗气，一只只冒火的眼睛，直勾勾瞄在她的裙底，随着她不断变换的身形，打出一道道血红炽烈的追光。

群众却对此嗤之以鼻。群众就是那些穿着松松垮垮的大背心、大裤衩前来跳舞的正派居民。他们三三两两，搂搂抱抱，踢踢踏踏，懒散挪动着脚底下的"北京平四"舞步，眼光乜斜，态度倨傲地瞟向他们俩——她和他，那对妖冶俗艳跳舞的陌生人。众人把身体的距离拉得与他俩远远的，似乎成心让他俩在明晃晃的灯光下单独现眼出洋相。

他们对此却浑然不觉，或者是根本不在乎。他们是故意用身体来找灯光的，故意让自己的双腿全身暴露在明晃晃的光照下。那个女的依旧转，飞快转。其实也不怎么快，只是紧赶慢赶倒腾着双脚在旋转，尽可能通过旋转的力量将裙裾更多地张开。她的舞伴，那个永远穿着黑色紧身衣裤的男人，干练，精瘦，浑身哪儿哪儿都绷得紧紧的，殷勤环绕她的裙裾伸手抬腿、扭胯耸腰。从后面看，男的简直是要屁股有屁股，要腿有腿，像是个专业舞蹈演员，他的拉丁舞姿也很标准，耸、抖、贴、揉，动作跨度大，每个细节都做得很到位。但是，离近了瞧，却会发现，他脸上的皱纹已经不少了，看样子总归也要有个四五十岁。

女的呢？女的看上去也不小了。虽然她忙着在灯光明亮处掀动自己雪白的两条长腿，暗夜的灯火却并没有给她添彩，反倒把她三四十岁肌肉的无情下泄无情暴露，好像是靠透明丝袜才勉强把腿上松下来的赘肉勒住——不对，她几乎是没穿袜子的，是的，裸着腿，光脚，穿着一双肉色的圆口拉带皮鞋，是半高跟，比起真正的国标舞蹈鞋还差有一两寸的高度。跳舞的水平也就是个大众拉丁舞蹈培训班肄业。

可这又有什么关系呢？女人就是靠一条劲爆天鹅裙、两条大白腿、猩红色底裤的春光乍泄，就花枝招展地把众人目光勾住，就成了广场上的绝对女主角。男的，当然也就跟着沾光，成了广场上的第一男陪舞。

二

广场是城市中老年闲人的集散地。年轻人当然不屑于来这里，他们的休闲娱乐场所是酒吧、迪厅，量贩式卡拉OK歌厅。那里喧闹、昂贵，要价不菲。有钱有势的中年人，休闲寻欢也自有按摩桑拿洗脚屋，或者郊区的温泉度假酒店，谁能平白无故跑到这廉价没有成本的露天广场？只有这些上了岁数的城市低收入者阶层，才会成天到晚泡在广场这种开放式的空间，耗在这里晨练、打牌、跳舞、遛狗、遛弯，消磨时光和宣泄欲望。

别的就不说了，单说夜晚的广场舞吧。每天都是从晚八点准时开始的。每晚八点，非常准时，看完中央一台的新闻联播和焦点访谈（北京人喜欢关心时政，这两个节目几乎每家必看），拾掇好了饭桌，关好电视机，然后就掐着表，匆匆出门，直奔广场中心地段灯光明亮处而去。那里，激动人心的音乐已经响起来了！

小区物业管理处派设了专门人员负责拉电线、放舞曲。管理处的那个秃头男人每天都会早早地骑自行车赶过来，到达人们跳舞的广场中心地带。这里有十六根气势宏伟的高大巴洛克式廊柱，它的上边顶着几个绿色大气包，很像俄罗斯东正教堂的圆顶，但其实不是，只是一种没有用的装饰。一群群白色灰色羽毛的鸽子在里边出出进进，洒下一片一片的鸽子屎。廊柱旁边，是能够同时容纳一千多人翩翩起舞的巨大空场。白天，鸽子们在这块场地里练脚、觅食，到了晚上，这儿就成了中老年人类男女双双暧昧牵手、贴身贴肉、活动筋骨的娱乐场所。

　　秃头管理员每次都要从旁边一个值班的小屋里牵出电源接线板，然后将插座连接到一个老式收录机上。那本是广场养鸽人值班的屋子。每天晚上，鸽子们回笼以后，养鸽人都会用清水将广场水泥地面的鸽粪清洗得干干净净。被水滋润过的地面总是散发着某种动人的气息。

　　是啊，这里虽说是城北"经济适用房" 地区，这是北京近年来城市建设中涌起的一个新名词，说白了也就是城市贫民区，但是它的小区环境建设相对也并不很落后。它留出了能盖十栋楼那么大的面积建设出了一个巨型广场，取名叫它"街心花园"。它有方圆，有纵深，有层叠起伏。那些颇似看台的一级一级的水泥石头砌起的花坛、水榭，在冬季枯干的时候，变得斑驳，沧桑，很像古罗马的斗兽场。乍一看去，视觉上显得非常震撼。西边转角处砌起几个红色小尖顶的鸽子窝，窝的背面镶嵌着意大利铁艺花窗。广场东边错落有致的喷泉、水池、雕像，完全采用古希腊风格。那个狩猎女神的水泥雕像上，常被鸽子给屙一身的屎。鸽子也不知为什么，特别喜欢站在雕像的头顶上排泄。

　　种种堆砌到一处的异国风情，气势恢弘，铺排讲究，同时也是杂花生树,不伦不类。初来乍到到这个广场的人,都止不住笑说:这是到了世界上的哪儿啦?这儿除了不像中国,说它是外国的哪儿都成。

后来人们才知道,这片小区,是由黑龙江的开发商建造的。他们把黑龙江老毛子的建筑风格原封不动带到北京来啦!

怪不得呢!人们啧啧称赞。干脆,他们把北京的穷人区都建成黑龙江、都建成前苏联得了!住在这儿都跟待在哈尔滨似的。

再说那个负责放乐曲的物业管理员。他把那个老式的仿佛当年黑白电视机那么大的收录机,放到廊柱脚下贴边不碍事的地方,然后从放满盒式录音带的大书包里掏出一盘曲子,塞进录音机里插好,准备迎接跳舞人众到来。世界早都进入数码时代了,他还在用卡式盒带播放音乐!想想,不愧是城市贫民区啊!落后得跟什么似的。曲子也是中老年人们所熟悉的,从郭兰英、王昆的老歌,到邓丽君、费翔、毛阿敏、彭丽媛的演唱,应有尽有。不需要什么专业舞曲,只要能成调子的乐音便能就乎着舞动。

但有一点,这里边绝对没有什么孙燕姿、周杰伦、刀郎、刘若英的歌,就连王菲、孙楠、那英都没有。他们的记忆,通通都留在了上个世纪八九十年代,或者是五六十年代,前苏联俄罗斯歌曲盛行的那个年代。新人新曲他们就乎不上,不熟悉,听不惯,踩不上点。

晚八点钟,只要音乐一起,人们就会自动从四面八方聚拢过来,各自寻上自己的搭子,跃跃欲试着上场。

多么好啊!夏天的夜晚,月光明朗,大地浩瀚。微风吹来,天地间一派宁静安详。广场上那些冬青、雪松、苜蓿、蔷薇、紫荆、垂柳、洋槐,接足了地气,在夜晚偷偷地铆足了劲竞赛飘香。物种繁殖很快,不到两年功夫,就已经把街心花园广场点缀得芳草萋萋,杨柳依依。据说这方广场下边原来是个垃圾场,土质十分肥沃。这里的地下水也比较适合于灌溉农田。

前来跳舞的,基本上都是住在小区附近的人们。他们穿着一点儿也不讲究,动作也很随意。男的穿着大背心大裤衩,有的人甚至还趿着拖鞋,跟出入菜市场没多大区别。女的也不打扮,素面朝天,肥大的衣服里边连个胸罩也不戴,一派家庭妇女习气。说是在跳舞,倒不如说是在走步,只不过是变成双人走的形式。有的是男女搭配,有的是两个女的搂在一起。(倒是从没有看见两个男的搂在一起的)。他们的手和手有意无意搭扣摩挲,脚和脚踢踢拖拖挪动磨蹭,激流情欲在暗中涌动,脸上却是一副见男不是男、见女不是女的平板表情。瞅那一个个莫衷一是的样子,简直就跟从前参加扭大秧歌、打太极拳、打鸡血、喝红茶菌一般,免费集体性群众运动,不干白不干,去晚了就没份。

鸽子在头顶咕咕叫。狗狗在脚下汪汪蹿。夜幕下的大都会,劳动人民的寻欢作乐,兴致盎然,单调如水,经久不衰。

三

突然,有一天,广场上出现这么一对妖艳男女,把原本宁静气氛给惊扰、打破了。两人浓烈的表演作秀气息,逼得人喘不过气来。灯光下一大片最光滑、脚感最好的位置被他们占据,整个广场上的风头也被他们两个抢去。人们虽然还在随音乐做着跳舞的动作,心思,却全然不在自己的舞步上,全被广场中央这一对给搅散了。

哪儿来的,他们?不知道。干什么的?两人什么关系?干吗要穿成那副德行、跳成那副样子？不知道。统统都不知道。想不明白。也不过是夜晚纳凉休闲的群众性广场舞罢了，有什么必要穿得那么正规风骚？那个女的，那叫个什么玩意儿？大庭广众之下，三四十岁的人还在裸肩露背，下腰踢腿，透着寒碜，透着惨烈，透着人生最后一搏的老不要脸。那个男的，扭着大屁股，腰胯甩得像抽了筋似的。又不是电视里的交谊舞比赛，并没有镜头对准照你，扭那么欢实干什么？

　　尤其是那女人的旋转，完全是无谓的，没必要，多余。她好像特别喜欢做旋转动作，那种无谓的旋转，比方说，录音机里唱到"真的好想你啊，你在我的睡梦里"，好像是一个军人妻子思夫的歌儿，唱到这个旋律的时候，有必要接连转上五个圈，旋转360度乘以5等于1800度吗？或者，"一九几几年啊，那是一个春天，有一个老人，在中国的南海画了一个圈"，她就真的原地画起圈来，双脚飞快地倒腾，脚跟顶脚尖，把自己身体使劲顶起来转，转得像个没头

书画阅读作品　优秀奖　靳儒

没脑的陀螺。

尤其是，每当旋转，她的裙裾都就势张开，完全无遮挡的，面对着那些仰视的面孔张开，与其说是毫无防范，不如说是毫无羞耻。

那些仰视的面孔，是小区里那些干活儿的民工。那些脏兮兮蓬头垢面的民工们真是聪明，他们选取了很妙的角度，一律坐在地上，都跟草丛中探出的地灯的高度相一致，正好是从下往上窥视的距离。他们是如此安静，乖顺，自动的，整齐有序地坐在水泥地上，忘记了蚊虫的叮咬，忘记了潮湿的沁浸，简直物我两忘，甚至屏气凝神，就等着她旋转那个时刻的到来——像孔雀开屏一样。

他们并不知道雌孔雀不开屏，开的，都是雄的。每当那猩红底裤一露面，他们的脑袋就"嗡——"的一声，血直往上涌，嘴也合不上，口角微微露出些涎水，看得直愣愣，一动也不动。

这种免费观看的底裤，比起其他娱乐活动，比如说去旁边的地下录像厅看非法黄色录像，或者去哪家隐秘的洗脚屋找小姐，更诱人，更魅惑，更安全，更自由。更引人入胜，更想入非非。

她的旋转，就是为了亮出底裤来对民工展览吗？群众想。看来暴露狂和窥阴癖最可以互相心照不宣。群众不由得对民工和他俩同时嗤之以鼻。

群众悉心观察打量过，这两个身份不明的人，好像不是两口子。每天晚上，人们都看见他们分别骑自行车过来，女的从一个方向，男的从另一个方向，骑到这里以后会合。两人把车子停靠在廊柱旁边。女人骑的是26车，男人也是26车。都很旧。车筐里有水，瓶装矿泉水，还有擦脸毛巾。他们都是在家里穿戴披挂好了才来，不是到了这里登台前现换的。

很难想象，穿着一身劲爆天鹅裙的女人，是怎样骑着辆半旧不新的

26自行车,一路招摇着赶来。也很难想象,穿一身紧身跳舞演出服的男人,又是怎样将丰厚绷紧的臀,压在生锈凳硬的自行车皮鞍座上,一路迤逦而行。他们的自行车旁边,就是一个公共昼夜停车场,那里奔驰、宝马、路虎等好车应有尽有。他们的自行车大大方方地泊靠在它们旁边,没有丝毫自卑的表现,车头车尾,双双倚靠着,亲密无间,心安理得,怡然自乐。

现在,这会儿,华灯初上,夜晚的幕布拉开。乐声响起。他们先在广场中央立定,亮相,男女手臂上扬,身体拉出一个架势,完全是正规表演前的模样,一上场就先声夺人。不像别的跳舞男女,哈着腰,驼着背,男的揪住女的,脚底一出溜,互相薅着衣襟就滑进场地中央去了。这对男女,做完亮相定格,就蓦地挥臂耸腰,爆发力很强地舞动起来,肢体幅度很大。只要一动起来,就完全不管不顾,即刻进入状态,就仿佛这世界上只剩下他们两个人。仿佛,他们就是这露天广场上的王子和公主。不,不,也许应该说是皇帝和皇后。除了舞蹈,他们好像什么也看不见,什么也听不见。周围人的冷眼,民工的窥阴,他们好像统统都看不见听不见。他们完全沉浸在自己的舞蹈世界中。

他们在自己的舞蹈里睥睨世人,笑傲众生,自给自足,相互挑逗,在卑微中起舞,在自信中亢奋。他们的低语没人能听得见。他们的对视没人能瞧得清。实际上,他们既很少低语也绝少对视,他们互相只用身体进行交谈。他是她身体的实际操纵者,他的手指像点穴,点哪儿哪开。旋转时,他的左手轻轻一推,右手高高擎起——她就乖乖转过身去,让身体打旋。双方身体的接触点,现在只是她握住他的一根手指,而不是全部手掌——以他的手指为轴,开屏旋转,这样她在晕眩之中的旋转方向才不至于太过偏离。

他的手指，她的手指，半含半握，半紧半松，隐秘暧昧。胶着粘离。现在，说话成为多余，舞蹈就是他们的交欢语言。他们把臀耸得更厉害了，他们把胯扭得更邪乎。跳到《蓝色多瑙河》里的快拍时，男人箍着女人的腰疯狂旋转，周围灯光刷刷连成一片，简直不知今夕何夕，今年何年。一瞬间他们就仿佛有了凌波之姿，有了凌空之势，双双堕入美妙的晕眩。

他们的个子差不多一般高，所以，他腰以下的支点，只能顶到她肉乎乎的小腹（肉乎乎，这就是非专业舞蹈演员的体质特点）。她觉出了他的摩擦和崛起，兀自脸红，没有闪避，而是亢奋，动作更加隐蔽，俯仰离合皆是欲。

他们明修栈道，暗渡陈仓。

他们在公开的半明半暗的交欢中，把舞蹈进行到底。

四

习惯是一种巨大的力量。几次过后，周围旁观的群众也就习惯了。除了抢风头以外，这对男女并没有妨碍到谁，倒是招来的看客越来越多，攒足了夜晚广场上的人气。每晚，只要他俩一来，广场上的兴奋度就能饱和。民工越聚越多，管音响的秃头物业管理人员，也愈发敬业起来，甚至悉心搜索来好多专业舞曲带子，让广场上的舞步变得丰富又复杂。

一种莫名的兴奋，在广场四周荡漾。每晚八点，人们都急切盼望着这一时刻。同时，也自觉不自觉地盼着他们俩，像盼着明星出场。渐渐，人们习惯了他们的华服，适应了他们的舞姿，甚至，在他俩的舞姿里，恍惚还看见了维也纳新年音乐会上的舞蹈演出，看见了电视里的国标舞蹈大赛的表演。那些表演太华贵，太遥远，人们根本没有眼福观看。好了，现在，有了他们，把舞蹈的真人秀送到了自己面前。

人们也不得不承认，俩人的舞姿确实比别人跳得好，是专门练过的。那个男的，据谁说是好像在电视里看过，是哪个国标舞大赛的评委。对于两人关系的最新猜测，说是最有可能是舞蹈教练和他的学员，就是那种北京市面上最近兴起的业余交谊舞、拉丁舞培训班。男的，当然是教练，女的，一看就是业余学员，腿上没有肌肉，脚背线条也不够高，跳舞的难度系数也不大，也就是个中偏上水平，但是还蛮灵巧，矫健，有悟性，身手不凡。另外她皮肤的白劲儿可真让人羡慕，白花花的，简直像奶油雪糕。还有那一把小腰条，那个岁数还能保持苗条，真不容易。至于说内裤嘛，看惯了，也不觉得扎眼。甚至，人们觉得，绿色劲爆天鹅裙，原本就应该配猩红色底裤。

人们有时也不免偷偷跟他们学两招。不光滑动简单的"北京平四"，偶尔试着比划来一两下阿根廷探戈。难度很大。确实不好探，脖子快速扭动时容易抽筋，踢腿时，稍微扬得高一点，就能听到膝关节"嘎巴"一声。人们就心里感喟：不是所有中老年人类，都能招架得住探戈——那种在娘们儿身上做文章的玩意儿。人们有点服了，暗自佩服，渐渐不再疏离，跳着跳着，会向中心靠拢，主动接近他们。

他俩似无感觉，只在他们自己有限的活动半径内专注地跳着。慢三慢四、国标、伦巴、桑巴、爵士、恰恰、摇摆、阿根廷探戈……舞蹈越来越复杂。广场成了他们公开炫技的场地。他们身体趋近，摩肩擦背，大规模摇臀，狂野而暧昧。他们在不易被人察觉的视线和角度里，触摸，沉浸，飘逸，投入，亢奋，自如。他们，在群众赞扬称羡的目光里，愈发飞扬，燃烧，娴熟，默契，旁若无人，探囊取物。

他们欲望喷薄而出。肉体水到渠成。

夜风沙沙。这是一道不见光的风景。这是一片见光死的奇观。它陪伴人们熬过盛夏，驱走溽热。

五

突然的，他们就不来了。失踪了。不见了。在农历七夕那天，他们突然双双失踪。

广场上跳舞的人们就像被闪了一下，很费解，很不习惯，仿佛一下子失去了什么，但也不知道究竟失去的是什么。来的人见广场中央空空落落，不免都是一幅惘然若失的样子。

要说这一年的农历七夕也过得怪，早早的，报纸上就铺天盖地的造势炒新闻，说什么有政协委员呼吁，要把农历七夕打造成中国式情人节。消息层层下达，还要在群众中举行民意测验。小区物业还挺当回事，发送选票让每户居民填写。居民们就笑，说：真逗，还情人节呢！七月七牛郎织女鹊桥相会，人家那是两口子的事儿。什么情人？咱中国有几对情人？难道鼓励我们都去找情人不成？

他们就怀疑那些什么什么代表是商家的托儿，比方说卖玫瑰的、卖情侣表、卖钻戒的商家，事先给了委员们什么好处，托他们来提交这项提案的。"我们举双脚赞成"，他们调侃着说。

情人不情人的先不说，广场上那一对男女从场地上消失了，却是事实。他们不打一声招呼就消失了。他们的不告而别，就如同他们的不请自来，实在是显得没有道理。舞场一下子变得晦暗，没有人气。人们无精打采，唉声叹气，脚底下的步子又变成懒散拖沓，仿佛又恢复了以前疲沓倦怠的老秩序。

可是，经过破坏后的老秩序，还能再恢复成原样吗？

人们无从抱怨，也无从诉说。因为他们不能明确说出这舞场上失落的究竟是什么。就连看热闹的民工也不来了。那些脸色黝黑、头发长草的小区民工们，哈欠连天，望了几眼场上磨蹭着脚步的肥衣肥裤的大爷大妈，就都无精打采怏怏悻悻地纷纷离去。等待他们的，将又是漫漫长夜录像厅的闷热和工棚里的寂寞。

那个秃头管理员播放舞曲的热情也锐减。许多时候，他索性连舞曲也不放，改放小电影，诸如防艾滋病宣传片，纪念抗战胜利60周年打仗片等等。一块发黄的、颤抖的银幕挂在廊柱之间，黑压压的人群摇着大蒲扇，挤在正面和反面有一搭无一搭地观看。这情景仿佛一下子让时光倒流，回到了贫穷落后的上个世纪六七十年代。银幕上不清晰的影像，草丛中飞来撞去仓皇的蚊虫，都让人们显得颇不耐烦。这热天儿，只要不动起来，中老年人绵甜的血液，肯定要成为蚊虫可口的牙祭。

就在那对男女离去的那段时间，也曾有人试图挺身而出替代他们的角色，霸占他们的位置。然而，没用。所有的努力全都失效。比方说，那个看起来十分年轻的大眼睛女子，化着很酷的浓妆，穿三寸高的高跟鞋，上身一个小吊带背心，下身一件艳粉色大褶喇叭花及膝裙，粉墨登场，招摇出现。不断有男人请她跳舞，她就挽上他们翩翩跹跹，莺莺艳艳，翻转飞腾在钨碘灯下。她也学着从前那个女人的样子，没事儿就转、无谓地旋转，转得天昏地暗，也让裙摆"扑喇喇"张开，起伏有致，亮出两条银光闪闪的玉腿，青春长腿，以及底裤，纯白色的三角内裤。

她跳得很好，很不错，无论被哪个男人上手，她都能跟对方配合很熟练，很协调，很风情。她的那个裙摆也很扑喇喇，她的那个底裤也忽悠悠，她的那种艳粉色的裙裾在灯光下也极其耀眼刺目。

可是，不行，怎么跳，都没有那个劲儿。无论她怎么风骚，搔首弄姿，娇柔做态，却都不是那么回事。怎么回事？人们说不清。民工们说不清。但是他们心知肚明。他们已经认同和默许了从前那一对男女的舞蹈风格——一对一的固定舞伴，一对一的虚拟交欢，一对一的风骚、激情、浪漫、璀璨，一对一的红雨翻腾、秋波暗转，一对一的回光返照、姣妍与妖艳。

他们只是一对一的彼此彼此。跟别人，跟任何一个他者，都没有关联。

一对一，可能是最美、最让人艳羡、最遭人嫉妒、最惹人联想的人类情感。谁都可以上手的，那是婊子，毫不值钱。民工们虽然不懂，他们嘴里说不出来，但是他们在心中已经颇有领会。在经历过那对男女之后，他们心里已经有了关于风骚的范本模式。他们的胃口已经被固定，吊高。别人，谁来，再怎么着，他们也不认。

六

那对男女的失踪，大概也就是两个星期之久。两个星期，够长的了。北方的夏天，转瞬即逝，总共也才有多长啊？

当他们又重新露头的时候，众人的精气神儿全都"陡"地往上一提——舞场上，确实太需要明星了！无论多么大的场子，大到国家，小到广场，都需要个别领军领袖式的人物，用他们的个人魅力和感召力，用他们的激情和热度，感染照亮芸芸众生。

民工们兴致勃勃，重新回到广场边的水泥地草丛旁，重新将身形降低到跟地灯一般高矮，重新目光齐刷刷、热辣辣，等待着熟稔的底裤模式重新上演。寂寞已久的群众也在热切以盼。他们自觉自动地把那块地方让出来，那块最最光滑的水泥地面、那个最最亮堂的舞台中心，自觉自动腾让出来，等待他们心目中的明星重新登场。

他们来了。他们重新登场。他们举手投足、他们踢腿下腰……怎么，他们的举手投足、他们的踢腿下腰，怎么看起来跟以前有点不太一样？

虽然他们来了，虽然仍像以前一样的跳着，舞着，然而，分明有什么东西是不对头了。是什么东西？也说不清。反正是觉得哪地方跟从前有点不太一样。

那对男女，外表跟从前毫无二致，女的，还是绿底白花劲爆天鹅裙，男的，仍然是黑色紧身衣，头发也还是用摩丝打理得根根不乱，然而，就是让人觉得两人跟以前不一样。他们虽也在跳舞，肢体的紧张程度，却远不如从前。他们似乎都有点漫不经心，三心二意，充斥着身体密码互相破解后的无限倦怠。女人不再轻盈，男人不再紧绷。女人慵懒怠惰，脚步尽量平移，少了许多旋转。即便偶尔转一下，也是转得勉强，难看，身体滞重，转得差强人意，似乎随时都能绊个跟头。男的手指暗号的推动显得有气无力，腰和屁股懒洋洋的，腰胯耸动马马虎虎，脸面颈部爱甩不甩。他们的身体偶然接触碰撞时，女人一点都不再为之战栗、激动，满脸都是漠然，仿佛无意间触到了一根棒槌。她的不激动、不激励、不唤起，搞得他也发蔫儿，整个人显得没阳气、没精神，无精打采。

他们的身体，像海啸过后疲惫的沙滩，满目疮痍。

尤其是，女人的底裤颜色明显褪色，从那里散发出的气息不再撩拨人心。民工们凭借雄性动物的敏感，从那里似乎嗅到某种真实交欢过后的蹂躏气味。

才仅仅半个月，怎么就有如此大的变化？半个月里，都发生过什么？下过两场雨。刮过一场未遂的名叫"麦莎"的台风。台风贴着陆地的边缘行走，很快拐到渤海湾附近的大连海边去肆虐，只是象征性地在身后给都市遗下几场小雨。雨过天晴，地上的蒿草又猛然窜出一尺来高。割草机在嗡嗡嗡嗡勤快地工作，阵阵香气从广场四周围袭来。青草的香味一成不变。可是，下过雨跟没下雨的季候，总归也是物是人非的感觉。

难道人的感觉会变得这么快吗？仅仅才半个月而已。半个月。却已经是汗湿湿透了脊背。半个月前的衣服被盛夏的汗水浸得已难再穿，勉强穿出来，也已是没款没形，漂白发皱，透着穷酸寒碜。半个月前的人们已经被连日来的闷湿浸得浮肿虚胖，微微发酵出一丝丝苦夏的蠢相。

半个月以后的舞仍同半个月以前一般跳着。只是不咸不淡。男人和女人，似乎有点无奈，又似乎在等待。在消磨中等待、虚耗，在虚耗中等待、消磨，似乎不知该如何完结。看得出，他们的身体已成强弩之末。每一次都像是恓惶的告别。第二天，却又来了，勉强地移动腿脚。观众们，似乎也看出了几许苗头，却又很快习惯了这种勉强。人活世上，不总能随心所欲、率性起舞，早晚有一天都要堕入半死不活的勉强。不管怎么说，只要他们还在，仍旧照常到广场来，便是好的。

所不同的是，现在人们已经消除了畏惧，也失去了崇拜，已经勇于跟这男女俩一同舞动在广场中央。人们也已经仿照他们的样子，把复杂舞步学会了不少。现在，失去了激情的他俩已经不再是广场中心的绝对主角。

七

一晃，已经进入秋天了，到了这个城市最美的季节。从西南边刮来的秋风把城市的天空托举得很高，很高，树上每一片叶子都在阳光下油光闪亮，一片耀眼的怡爽。微风夜寒，广场跳舞的人们已经穿上了薄呢裙和厚外套。而他们，那一对男女，却还是穿着一成不变的夏装。那一套已经穿了一夏的靓装，在秋天的灯光底下看着怎么那么薄相？不仅仅是薄相，又分明像是命薄、情薄。

九月中旬中秋节这天，正赶上一个星期天，小区管理处破例让人们可以在广场上昼夜狂欢，可以跳舞跳到夜里12点。平常，为了防止乐声扰民，物业管理处规定，每天跳到晚10点钟就必须收曲结束。

这一天，按照民俗习惯，注定将是一个群众性的狂欢节日。夜晚广场上聚集的闲人满满当当，来望月的、遛狗的、消食儿的、跳舞的、看热闹的，人声鼎沸，喧声连天。还有一家超市将卖剩的月饼拿到广场人多的地方减价推销。狗狗们欢快地汪汪狂叫，鸽子被惊得扑棱棱地盘旋乱飞。月亮隐进云层，乌云在广场上空愉快地翻卷游动。俗话里说中秋节的月亮是"十五不圆十六圆"，这个道理在北京这个纬度特别能应验。

舞曲还是从八点钟准时开始播放。群众演员首先鱼贯入场。群众一点都不客气，密密挨挨，挤挤擦擦，互相都有点不待见。群众跟群众彼此相像，你我不分，乌压压一群，转不过身，有时难免发生身体碰撞，偶尔，还会发生一些小的口角。跳着跳着，广场上的个别老舞迷就止不住郁闷，眼光不住地往钨碘灯照射的中心方向扫，看看那个劲爆天鹅裙和两条熟悉的大白腿来没来。只要领舞的一来，广场上的人众才能分出三六九等，跳舞的层次档次才能逐级拉开。

可惜，没有。这场浩大的群众狂欢仪式上，群龙无首，一片模糊，简直可以说是没有任何亮点靓腿可言。一个小时过去了，直到9点半钟，那对男女还没有来。老舞棍老舞迷们就止不住失望，心说，难道，他们又要玩失踪？

还好。尽管来得晚，那两个人终于也还是来了，在接近10点钟的时候。群众演员们的热身早已经热得火辣辣的。那两人一来，群众眼前一亮，身体一劲，立刻用舞姿掀起新的波澜。那两个主角也没想到广场今天是这副饱和样子，也受了感染，丝毫没犹豫，一个亮相就扭了进去，毫不谦让地占据了中心位置。女人今天头一次换了一件宝蓝色的舞蹈裙，掐腰，大摆，下面缀满金光闪闪的亮片，一转起来，像裹在金子里飞。众人的眼球简直都要给晃瞎了！那个放舞曲的秃头管理员，本来已经要打瞌睡，忽见他们来，立即如同打了鸡血般，兴奋无比地按下录音机停止键，立马改放难度大的表演性质的舞曲伴奏带。

这是一场多么激动人心宏大集体舞情景啊！天空为幕布，大地成舞台。他们在中央灯光明亮处领跳，周围人一圈圈里三层外三层跟着移动，旋转。就像经过导演事先编排好了似的，他们一来，广场舞的人群立即主次分明，秩序井然。从三步四步缓步交谊舞开始。欲望全落在腿上，心情全收在腰间。随飒飒的秋风起舞，随看不见的明月招摇。随树枝的摇曳、秋虫的低吟逐渐高亢。

今夜晚他们发挥得可真好。轻灵，飘逸，似乎找到了最初的他们自己。他们都有点含情脉脉，还有点魂不守舍。他们时不时深情凝视，好像舞蹈语汇已经不够用，他们必须用彼此对视的眼光来表达。人们的心思也随着他们的舞步激动、明媚、思绪飞升。人们这会儿还不知道，就连他们自己也不知道，这将是他们广场舞蹈生涯的告别演出。

逐渐过渡到快节奏的水兵舞、摇摆、伦巴、桑巴、爵士、探戈。这是他们俩最拿手的，最能炫技的动作。广场上只剩极少部分人能跟上了，偌大的场子几乎又成了他们两人表演的舞台。围观的人群却没有怨言，心甘情愿晾在边上。毕竟，很久没有看见这对男女明星跳得这么敞亮、痛快、酣畅淋漓，即便是站一边看着，心里也舒坦。

最后一曲探戈舞曲响起。女人这时已经完全进入状态，香汗淋漓，身体的每个细胞里都是鼓点，野得有点儿收不住了。她亢奋地甩头，大规模摆尾摇臀，扭胯贴近。男的情绪也被她挑起，也亢奋得跟踩了电门，浑身每一处关节都在剧烈耸动，完全被舞蹈节奏所控制。他们已经完全物我两忘，一切只在不言之中。女人盆骨夸张耸动，趋前贴近他的小腹，臀部一摇一摇，做着虚拟摩擦。蓦地，她大胆疯狂，也丧心病狂，左脚点地，右脚高举，抬起白花花的大腿，去盘缠住男人的下半身！

这个动作简直突如其来，太狂野了！作为探戈舞蹈中的高难度动作，也只能在电视荧屏里向舞蹈比赛评委们炫技表演，却怎能在大庭广众之下，对广大手无寸铁、毫无抵抗力的老百姓们真人秀呢？

就听广场上的人"嗷——"了一声，然后又急遽安静下来。人们都屏气凝神，瞪大眼睛，盯着他们的下一步动作。

男人也被女人的举动搞得一惊，毫无防备，却还是下意识地伸出手去回应。他的右手在女人的腰后一托，同时左手高举，完成一个接续造型动作。本以为她会马上松开、赶紧下去就完了。谁知女人还不善罢甘休，就势将上身往后一仰，双手一松，左脚跟离地后翘，将全身重量，一下子全留在箍住男人腰的那条大腿上。

怎生得了！怎生得了！毫无默契、毫无准备的男人，不提防会是这样，心里一惊，手一软，没有托住，脚底下也没有站稳，眼见着女人就后仰着倒下去了。是整个背部着地，重重的、结结实实倒在地上。直至倒地，女人缠着他的那条大腿始终都没有松开，一直死死缠着，勾着男人的身体随之倒下，轰然倒下，倒了个正着，结结实实压在她身上。

多尴尬！多丢人！两个大活人，活生生压在一起，倒在广场中心最明亮的地方。还好，男人到底是专业演员出身，有一身好功夫底子，在倒地两秒钟之后，他就"腾"地跳了起来，在众人还没有来得及看仔细的时候，他已经一下子跃起来，假装没事人似的，然后，伸手去拉地上的女人。

女人的立起就显得比较艰难，迟缓。看起来她摔得不轻。她是慢慢站起来的，先是缓缓绻起双腿，坐起，表情痛楚，龇牙咧嘴。男人用目光朝她示意一下，她就迅速把痛楚表情收回，瞬间就收敛了回去，做出一副平静状。然后，她就着他手臂的力量，很缓、但是很坚定地站了起来。

他们都假装不在意，也没有互相安慰。男人搂着女人的腰，像是从后背托扶着她，慢慢地向停放车子的广场廊柱边走去。众人看见两人走到倚靠在一起的自行车旁，用钥匙开了车子，推上，什么也没说，双双提前退场。

观众们盯着他们撤离现场，无数双眼睛落在他们的背上。他们是一起推着车子往同一个方向走的。女的，好像还一瘸一拐。从他们的背影上，人们看清了，这已是两个多么衰老的身形！他们早已不年轻了。其实他们早就知道这对男女已经不年轻了。不知为什么，当他们在夏季的广场燃起一段青春还阳之火，当沉闷的广场被他们的激情照亮时，众人还是忘记了他们的年龄。

他们渐行渐远。渐行渐远。舞曲也一点点进入到弱声阶段。人们的舞再也跳不下去了，他们有点意兴阑珊。狂欢的人群逐渐散去。午夜的钟声在广场上空响起。这是个水晶鞋变脚丫、美丽公主变回灰姑娘的时刻。月亮终于从云层里探出头来，一层金属般的铜红色清辉瞬间洒满了大地。

代 叙

十年一觉女权梦
——从"厨房"到"广场"

20世纪90年代初，刚开始写小说那会儿，不考虑男女，只是按先贤先哲大师们的样子，追寻那条文学审美的精神之路，写《热狗》、《白话》、《先锋》、《鸟粪》，写我熟悉的知识分子生活，探究人类生存本相，相信能成正果。后来，某一天，女权主义女性主义潮涌来了，急起直落，劈头盖脸。忽然知道了原来女性性别是"第二性"，西蒙娜·德·波伏瓦告诉我们，子宫的最大副作用，是成为让妇女受罪的器官。

《厨房》写于1997年，那时我32岁，对性别以及家庭婚姻的理解还不通透。依稀能记得，原先想写的是"男人在女人有目的的调情面前望而却步"，写着写着，却不知最后怎么就变成了"没达到求婚目的的女人，眼泪兮兮拎着一袋厨房垃圾往回走"。之后，《厨房》的主题给评论家们演绎成"女强人想回归家庭而不得"，所有同情方都集中在女性身上。

《午夜广场最后的探戈》，写在2005年，距离上一篇《厨房》，已经跨世纪了。2005年的夏季，不知在哪家厨房呆腻了钻出来放风的那么一对男女，开始在大庭广众之下的居民区的午夜广场上发飙。他们把社区跳健身舞的街心花园广场，当成了表演弗拉门戈、拉丁、探戈舞的舞台，男女每天总是着装妖艳，得瑟大跨度炫技舞步，像两个正在发情的遗世独立的斗篷。最后以女方在大庭广众之下摔跟头收场。

把《厨房》和《午夜广场最后的探戈》两篇中间跨度有近十年、却又横亘了两个世纪的小说，前后放在一起考察时，连我自己也不禁悚然一惊！十余年来，竟然用"厨房"和"广场"两个喻象，用"拎垃圾"和"摔跟头"的结局，把女性解放陷入重重失败之中。小说的结局都不是预设的，而是随着故事的发展自然形成的。但愿它不是女巫的谶语，而只是性别意识的愚者寓言。

十年一觉女权梦，赢得什么什么名。乐观一点想，"厨房"和"广场"的意象，如果真能作为跨世纪中国女性解放的隐喻和象征，二者的场面也已经不可同日而语，不光活动半径明显扩大，姿态和步伐也明显大胆和妖娆。如果真有女性的所谓"内在"解放和"外在"解放，我真心祝愿二者能够早一天统一。既然，中国女性的解放之路，从"厨房"已经到了"广场"，那么，下一篇，下一部以及下一步，是否就该是"庙堂"了呢？

——谨以《厨房》和《午夜广场最后的探戈》，为中国女性主义文学发展立此存照。